예술가가 사는 집

Artists in Residence

예술가가 사는 집

지베르니부터 카사아술까지 17인의 예술가와 그들이 사는 공간

|

멀리사 와이즈 글 · 케이트 루이스 그림
손희경 옮김

아트북스

차례

Introduction

시작하며

이 책은 우연히 마주친 행운의 이야기에서 시작하게 됐습니다. 우리 둘(케이트와 멀리사)은 서로 만나기 전부터 예술가들과 그들의 집에 매혹되어 있었지요. 수년 동안 케이트는 러그와 텍스타일, 의자와 책장, 방과 그 외 실내 공간을 그림으로 그렸어요. 시간이 지나면서 케이트는 이 창작 활동에 더 깊이 빠져들어 시각예술가들의 집을 그렸습니다. 그림을 그려나가면서 케이트의 마음속에는 이 프로젝트를 책으로 만들 수 있겠다는 느낌이 점점 더 강해졌지요.

같은 시기에 멀리사는 프랑스에서 일본까지, 뉴멕시코에서 뉴잉글랜드까지, 전 세계를 여행하며 예술가, 작가, 건축가 들의 집을 방문하고 있었어요. 멀리사는 공책에 이런 장소들을 글로 묘사하고 자신의 느낌을 빽빽이 채워넣었습니다. 정확히 왜인지는 알 수 없었지만, 멀리사는 계속해서 예술가들의 집을 방문하고 예술가들에 관해 상세한 글을 썼어요. 관심은 더욱 깊어져서 때로는 예술가들을 저마다 새롭게 이해하기도 했죠.

그러다가 2017년 여름, 우리 두 사람은 래그데일재단의 상주 예술가가 되어 만났습니다. 케이트는 그림을 꽤 많이 그리고 있었고, 멀리사는 단편소설집 작업에 열중하고 있었지요. 몇 달 후 우리는 우연한 인연으로 다시 만났습니다. 케이트는 그때쯤 도예가인 어머니와 공동 작업으로

그림 도자기 연작을 만들고 있었는데, 멀리사가 예술 애호가인 자기 어
머니에게 드릴 선물로 이 작품 한 점을 사려고 케이트에게 연락했지요.
선물을 구입하는 것 때문에 이메일을 주고받다가, 케이트가 예술가의 집
을 그린 그림 얘기를 꺼냈고, 멀리사는 예술가의 집을 주제로 써온 글에
관해 얘기했어요. 며칠 지나지 않아 우리는 전화로 이야기를 나누면서,
우리가 공통된 관심사를 가졌다는 것, 이 프로젝트의 가능성과 그것이
지닌 의미에 대해 같은 감각을 가졌다는 사실에 깜짝 놀랐습니다.

　이 책은 우연히 마주친 행운의 이야기인 만큼이나 창작 과정의 이상
한 마력에 관한 이야기이기도 합니다. 우리는 각자 하는 일이 무엇인지
미처 깨닫기 전부터 몇 년 동안이나 이 책을 쓸 준비를 하고 있었던 거죠.
마음속에 품은 호기심을 따라가보라고 모두에게 권하고 싶네요. 뚜렷한

방향이 보이지 않거나 구체적인 결과가 없더라도요. 때로는 호기심이 가장 의미 있는 작업으로 우리를 이끌기도 하니까요.

이 얘기는 이 책에 등장하는 예술가들에게도 종종 적용됩니다. 집은 그곳에 사는 예술가들의 창작 과정에 역동적인 역할을 했지만 그 역할에 관해 제대로 검토되지 않은 경우가 잦았죠. 많은 예술가에게 집은 큰 위험 부담 없이 실험할 수 있는 장소이자 예술 세계 바깥에서 자신의 호기심을 따라가볼 수 있는 공간이 되어주었습니다. 이 책은 그 과정이 펼쳐질 수 있었던 방법, 또 이 예술가들의 거주 환경과 예술의 다채로운 상호작용을 탐색합니다.

이 책에서 소개한 몇몇 예술가들은 재료를 탐색하거나, 정물을 배치하거나, 작품 생산에 영감을 줄 심미적인 어휘들이 깃들어 있는 장소로 자신의 집을 활용했습니다. 또 몇 명은 집을 일탈의 현장으로 경험했습니다. 자신의 예술 세계를 이루는 뚜렷한 특징에서 벗어나 철저하게 다른 색채, 다른 패턴, 혹은 다른 예술 경험을 끌어안는 곳으로 삼은 거죠. 이 책에 등장하는 예술가들은 가정생활과 거주 공간을 한껏 즐기다가도 가정적 공간에 귀속된 한정된 역할에 저항했고, 개인적으로 또 창의적으로 충족감을 주는 집을 골라 꾸미기도 했습니다. 혹은 선택의 여지가 별로 없을 때는 그 공간에서 예술을 창작하는 방법을 찾기도 했지요.

독자 여러분이 들어봤거나 방문해보기도 했을 예술가의 집뿐만 아니라 덜 친숙한 예술가의 집까지 그 문을 활짝 열어 소개하는 것이 우리의 소망입니다.

이 책에 나오는 몇몇 집들은 현존하는 예술가가 공간과 관계를 맺으며 활발하고 지속적으로 창작 활동을 벌이는 곳입니다. 예술가는 세상을 떠났지만 집은 그대로 남아 있는 경우도 있지요. 일부는 대중에게 공개되어 있기도 하고요. 하지만 건물이 허물어졌거나 팔렸거나 개조된 까닭에 더는 존재하지 않는 집도 소개했습니다. 그런 곳에서는 예술가가 어떻게 살았는지 직접 경험해볼 수는 없습니다.

이 책을 위해 조사하고 글을 쓰고 그림을 그리는 과정에서, 우리는 시간이 흐르면서 얼마나 많은 예술가의 집이 소실되었는지 알고는 깜짝 놀랐습니다. 여성 예술가와 유색인 예술가가 소유했던 집이 소실된 경우도 너무 많았지요. 이런 공간을 잃는 것은 예술가들의 삶, 그들의 창작 경험과 접속할 수단을 잃는 것과 같습니다. 예술가들의 집을 잃은 이런 고통을 원동력으로 삼아 우리가 모두 이들의 유산을 기리는 더 나은 방법을 찾기를 바랍니다. 예술, 예술가, 창조성에 관한 이야기를 전할 때는 누구의 집이 보존 또는 기록되었는지, 누구의 경력이 빛을 잃었는지, 유산을 어떻게 창조하고 정제할 것인지, 어떻게 기억할 것인지가 무척 중요합니다.

협업을 시작한 처음부터 우리는 이 책에 사진을 넣지 않으리라는 것을 알았습니다. 대신 각 예술가의 집에 관한 멀리사의 글과 케이트의 그림을 담으려고 했지요. 실내 공간이 끊임없이 사진으로 찍히는 세상에서는 시각적 매력이 있느냐에 따라서만 집을 생각하기 십상입니다. 우리의 글과 그림을 통해 집의 모양새는 물론, 더 나아가 집이 풍기는 느낌의 정수까지 전달할 수 있기를 바랍니다.

글로 쓰고 (사진을 찍는 게 아니라) 그림으로 그릴 집을 고른 덕분에, 우리는 더는 존재하지 않는 집을 상상해 다시 그 안으로 들어가볼 수 있었습니다. 이런 경우에 우리는 각각의 집을 조사하고 이해하는 데 최선의 노력을 기울였죠.

별다른 언급이 없다면 이 책에 수록된 모든 그림은 다양한 사진, 영화, 각각의 방이나 물건에 관한 기록을 참조하여 그린 것입니다. 여건이 허락하면 예술가들의 집을 직접 방문해서 그리기도 했고요. 그림은 그 집들을 정확히 재현하지는 않습니다. 때로는 앞뒤 안 보고 세세한 부분을 단순화하거나 강조해서 방과 물건의 영혼을 담고자 했죠. 언제나 예술가의 삶이나 집에서 가장 잘 알려진 면모를 그리거나 쓰려고 하지는 않았습니다. 대신 각자 멈춰 서서 다시 보게 된 것, 즉 예술가가 저마다 지닌 독특한 관점과 경험에 대한 통찰력을 제공하면서 예술가와 전기가 통한 듯한 느낌이 드는 물건과 방을 포착했습니다.

그림과 글은 모두 본질적으로 상상력의 결과입니다. 단어와 물감이라는 창작 재료를 통해 이 집들과 관계를 맺음으로써, 독자 여러분도 상상 속에서 이 공간으로 들어가 거닐면서 창조적 연결의 불꽃이 튀는 것을 발견하시기를 바랍니다.

우리는 독자 여러분이 이 책을 넘어서서 이 예술가들의 삶을 밀접하게 들여다보았으면 합니다. 예술가의 집을 경험함으로써 그들의 작업을 새로운 방식으로 보거나 덜 친숙했던 예술가의 작업을 탐험하는 계기가 될

지도 모르겠네요.

이 책 속으로 빠져드는 것은 예술가들의 집 안에 있는 자신을 상상하는 일이기도 합니다. 공간이 작품에 어떤 영향을 미쳤는지 상상하고, 그런 다음 여러분만의 공간을 생각해보세요. 여러분을 둘러싸고 있는 것은 무엇인가요? 집으로 걸어 들어갈 때 기쁨을 주는 것은 무엇인가요? 여러분의 집은 여러분에게 자신이 원하는 사람이 되라고 요구하나요? 여러분에게는 공간과 그 안의 물건들로 실험해보고 싶은 방법이 여전히 있나요?

우리 문화는 집의 미적 특질을 하찮은 것으로 무시해버리는 경우가 많습니다. 게다가 실내 공간 사진은 마치 집이 남들의 소비와 인정을 위한 수단이라도 되는 것처럼 그저 감탄을 자아내게 하려고 만들어지지요. 그보다 집은 창조적 놀이를 위한 뜻깊은 기회를 주는 장소라고 말하고 싶습니다. 이 책에 나오는 예술가들이 자신의 집과 역동적이고 창조적인 관계를 맺었거나 여전히 맺고 있는 것처럼, 우리는 여러분도 모두 자신의 집을 강력한 미적 경험의 장소로서 경험해보기를 바랍니다. 그러면 예술과 삶의 다른 국면들에도 불꽃이 일어 여러분의 창조성에 불을 지피게 될지도 모르죠.

시각예술가들의 집을 그리고, 쓰고, 방문하고, 상상하면서, 우리는 예술가들의 창조적 삶에 새롭게 친밀감을 느꼈고, 더 크고 집단적인 창작 경험을 하게 되었습니다. 이 책을 통해 여러분도 우리처럼 이 예술가들과 연결되어 있다고 느끼길 바라며, 창작 과정을 탐색하고 재미있게 놀이하며 창조해내는 경험이 여러분 앞에 펼쳐지길 바랍니다.

Georgia O'Keeffe

조지아 오키프

아주 오랫동안 우리 둘 다 뉴멕시코에 있는 조지아 오키프의 집이 궁금했다. 나는 어릴 때 타오스에 있는 여관에 머무르면서 오키프의 집에 대해 알게 됐다. 어느 날 아침식사 시간에 최근에 은퇴한 부부를 만났는데, 그들은 오랫동안 고대해온 자동차 전국 횡단 여행을 하는 중이었다. 그들의 지도에는 절대로 놓칠 수 없는 장소 몇 군데를 바탕으로 짠 여행 경로가 표시돼 있었다. 여행 초기에는 벚꽃을 보기에 딱 알맞은 시기에 워싱턴D.C.에 들렀고, 바로 전날에는 애비큐 마을에 있는 오키프의 집을 방문했다고 했다. 부인은 우리에게 조지아 오키프의 집 창문으로 바라보이는 풍경을 이야기하며 꼭 오키프의 그림으로 들어간 기분이었다고 말했다. 그들은 표를 몇 달 일찍 예약해뒀다고 했다. 몇 년 동안 계획해온 여행이었던 것이다.

아침식사 중 부부가 갔던 곳에 대한 얘기를 들으며, 나도 언젠가 오키프의 집을 보러 가리라는 것을 알았다. 예술가의 집이 새로운 예술적 이해를 열어주면서 그처럼 직관적으로 그림과 나를 연결해줄 수도 있겠다는 생각이 든 것은 그때가 처음이었다. 누군가는 예술가의 집으로 순례여행을 계획할 수도 있겠구나 하는 생각이 처음 든 것도 그때였다.

그날 아침식사의 대화 이후 20년이 지나고, 지난여름에 나는 오키프의 집에 갔다.

오키프는 1929년 봄과 여름에 친구와 여행하며 뉴멕시코에 처음 방문했다. 그 무렵 오키프는 40대 초반이었고 10년 넘게 예술가로서 명성을 누리고 있었다. 사진작가인 남편 앨프리드 스티글리츠와 뉴욕에서 살고 있었지만, 뉴멕시코의 풍경은 즉각 그녀의 마음을 사로잡았다. 오키프는 이후 20년 동안 거의 매년 여름마다 이곳으로 돌아왔다.

이 풍경은 곧 오키프의 회화에서 예술적 혁신을 이루는 데 필수적인 요소가 됐다. 오키프의 작품은 늘 급진적이면서 현대적이었고, 세부를 크게 확대하여 세계를 볼 수 있게 해주었으며, 작품 주제의 기저를 이루는 숨겨진 구조를 발굴해냈다. 뉴멕시코 북부의 반건조 기후와 광활한 지형은 풍경과 추상의 경계에 선 혁신적인 작업을 하는 오키프의 팔레트에 새로운 색조로 생기를 불어넣었고, 형태와 형식 그리고 구조에 대한 탐구심을 고양했다.

뉴멕시코에서 지낸 처음 몇 년 동안 오키프는 친구와 함께 머무르거나 관광용 목장을 임차해서 지냈다. 1930년대 초에는 고스트랜치라는 곳을 찾았다. 제멋대로 뻗어나간 아름다운 외딴 풍경 한가운데에 있는 곳이었다. 오키프는 거기서 여름을 보내곤 하다가 결국 그 땅에 세워진 란초데로스부로스Rancho de los Burros라는 난방이 되지 않는 작은 집을 샀다. 고스트 랜치에 있는 자신의 집에서, 오키프는 매일매일 풍경 속에서 경험한

것을 곧바로 그릴 수 있었다. 문밖으로 나가기만 하면 완만한 산과 먼 곳까지 내다보이는 전망이 펼쳐졌고, 구름과 빛이 바뀌면서 시시때때로 색이 변하는 듯한 우락부락한 메사 지형과 암반층을 직접 걸어서 탐험할 수 있었다. 나도 몇 년 전 여름 고스트랜치에 갔을 때 내 발밑의 바로 그 땅에서 금색과 푸른색, 빨간색과 초록색 색조가 펼쳐지는 광경에 경이로움을 느꼈다. 오키프의 집에서는 평평한 정상부가 특징인 세로페데르날 산에도 곧바로 갈 수 있었는데, 이 산은 오키프의 그림에 반복해서 나타나는 핵심 장소가 되었다.

1946년에 남편이 죽자, 오키프는 뉴멕시코로 거처를 아예 옮기기로 결심했다. 그보다 몇 년 전 오키프는 애비큐라는 작은 마을에 일부만 남아 있던 아도비 벽돌집에 마음을 빼앗긴 터였다. 고스트랜치와도 멀지 않아서 정원을 가꾸는 데 필요한 물을 끌어올 수도 있었다. 몇 년 동안 인내심을 가지고 문의하고 협상한 끝에, 오키프는 이 부동산을 사서 아도비 벽돌집을 다시 짓고 복원했다. 오키프는 1949년에 뉴멕시코로 아예 이주해 고스트랜치의 작은 집과 애비큐의 집을 오가며 오랫동안 여생을 누렸다. 따뜻한 달에는 고스트랜치에 있는 작은 집에서 지내고 나머지는 연중 애비큐의 새집에서 살았다.

마침내 오키프의 애비큐 집에 직접 들어섰을 때, 나는 출입구에 마음이 끌렸다. 오키프 자신이 애초에 그 집과 사랑에 빠진 것도 뜰에 세워진 아도비 벽에 난 검은 문 때문이었다. 오키프는 그 검은 문과 문으로 이어진 포석을 말년의 그림 속에 여러 번 그려넣었다.

하지만 상징적인 검은 문은 애비큐 집 출입구가 지닌 특별한 매력을 이루는 하나의 요소에 지나지 않는다. 집의 외벽에 난 풍화된 나무문은 거실로 통한다. 대강 잘라낸 수평 나무판들은 세월이 지나면서 부드럽게 닳았고, 녹슨 못과 철사 침이 삐뚤빼뚤하게 박혀 구멍이 나 있다. 오키프의 집은 아도비 색과 적갈색, 오래된 나무의 그윽한 온기로 이루어진 뉴멕시코 풍경의 색조 속에서 스스로 고색창연한 빛을 띠게 된 듯하다.

안뜰을 벗어나면 작은 골방 맨 끝에 환상적인 나무문이 하나 더 있다. 반대편은 뜰로 활짝 열려서, 이 골방에 있으면 실내인 듯도 하고 야외인 듯도 하며, 내밀한 동시에 창조적인 기분이 든다. 나무 천장과 아도비 벽으로 둘러싸인 이 공간에서 오키프는 아도비 벽을 배경으로 돌멩이와 뼈 수집품을 여러 번 배치하고 정돈했다. 이 골방에 구성해둔 두개골과 뼈는 정물화를 탐색한 것처럼 보이기도 하고, 조각 설치작품처럼 보이기도 한다.

오키프의 애비큐 집은 실내와 바깥 풍경이 교차하는 지점에 있는 것만 같다. 뜰과 뜰에 인접한 골방은 집에 가외로 딸린 방 같다. 그래서 출입구가 그토록 울림이 큰 모양이다. 이 공간은 실내와 실외 방들 사이를 흐르면서 한 주거 공간에서 또다른 공간으로 우리를 초대한다.

이 집 덕분에 오키프는 미학적 어휘를 탐색할 수 있었고, 형태와 형식을 실험할 수 있었으며, 말년 작품 세계의 중심 주제(뜰을 향한 검은 문, 두개골과 돌멩이와 뼈, 뉴멕시코 풍경의 강렬한 리듬)와 매일같이 친밀하게 지내며 그 안에서 직접 살기도 했다.

애비큐 집은 오키프에게 예술적 몰입을 주었던 공간인 만큼 휴식의 공간이기도 했다. 뜻밖에 따뜻한 친밀감을 주는 작은 부엌에 나는 깊이 감동했다. 오키프는 집을 단순하게 꾸몄다. 톱질 모탕 위에 상판을 올린 식탁은 뉴멕시코의 드높은 하늘을 보여주는 기다란 전망창을 면하고 있다. 이러한 공간의 맥락에서 이 전망은 눈길을 끌기보다는 환영하는 듯한 느낌을 준다.

그 근처에 오키프는 흰색 천을 드리운 단순한 소파를 두었는데, 그 위에는 오키프답지 않다는 느낌이 너무도 뚜렷한 장식 쿠션 세 개가 놓여 있다. 그중 두 개에는 섬세한 꽃들이 가득 프린트된 커버를 씌웠는데 1900년대 농가의 침대보에서 봄 직한 무늬다. 소파 가운데에 놓인 세번째 장식 쿠션에는 꽃분홍색 바탕에 하얀 하트 무늬가 흩어져 있다.

오키프는 부엌 도구를 갖추는 데 특별히 신경을 썼다. 수납장과 주방 기기는 선이 딱 떨어지는 중성적인 디자인으로 갖췄고, 멋들어진 흰색 스토브에는 아낌없이 돈을 썼다. 나무 들보를 댄 천장에는 갓을 씌우지 않은 전구 두 개가 늘어져 있다.

이 부엌은 오키프의 검박한 모더니즘적 미니멀리즘을 한껏 드러내면서도 인간적인 온기 또한 품고 있다. 그곳에서는 오키프가 오전 나절에 부엌 식탁 앞에 앉아 커피를 마시거나 하트 무늬 쿠션이 놓인 소파에 앉아 있을 것만 같다. 이런 장식적인 순간, 개인적인 방식에 깃든 다정함 덕분에 오키프는 이 공간에서 자신의 일상 리듬대로 생활할 수 있었을 것이다.

애비큐에서 사는 동안 오키프는 음식으로 영양을 공급하고 몸을 돌보는 일상적인 의식을 사랑했다. 대규모로 텃밭을 일궜고 손수 요거트를 만들었으며 채소 수프, 샐러드, 곡물 빵을 직접 차려냈다. 뜰에서 부엌으로 걸어 들어가면 한쪽 벽면의 거의 3분의 1을 차지하는 찬장을 먼저 지나치게 된다. 찬장 선반에는 깔끔하게 손으로 쓴 라벨을 붙인 용기에 견과류와 곡물, 허브와 카모마일차를 담아 진열해놓았다.

생애 마지막 몇십 년 동안 인기를 얻으면서, 촬영팀이나 뜻밖의 손님들이 오키프를 불시에 찾아오곤 했다. 거실, 작업실, 뜰, 풍경을 찍은 사진이 여러 잡지에 실렸다. 오키프에게 집은 대중과 접속하는 동시에 대중의 간섭으로부터 자신을 보호하는 곳이 되었다.

부엌은 오키프가 그 모든 것으로부터 한발 물러나 있게 해주었다. 편

안하고 멋진 구석 하나 없는 소파, 톱질 모탕 테이블, 애정을 갖고 보살핀 찬장에서 꺼내 준비하던 경건한 음식이 있는 이곳이야말로 오키프가 편히 쉴 수 있는 공간이었다.

오키프의 부엌에는 예술이 없다. 소파에 놓인 장식 쿠션을 제외하면 패턴이라곤 찾아볼 수 없는 이곳은 미학적 색조를 깨끗이 씻어낸 듯한 공간이다. 김이 피어오르는 머그잔을 들고 소파에 앉아 구름이 구르듯 흘러가는 풍경을 바라볼 수 있는 곳, 숨 쉴 수 있는 곳이다.

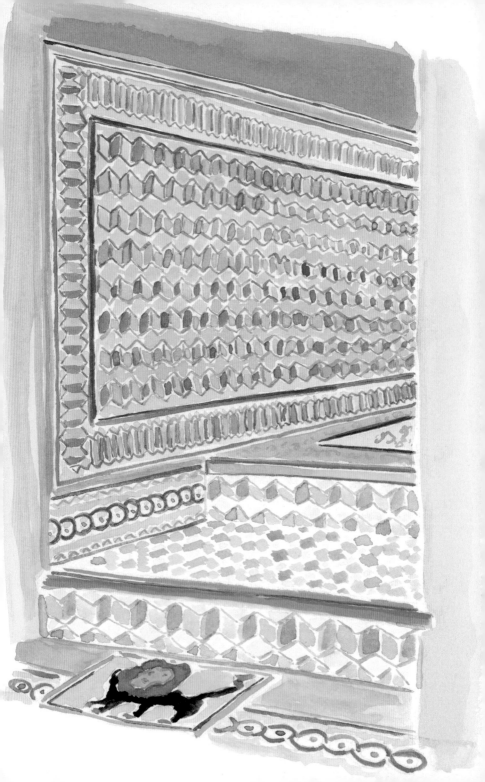

Hassan Hajjaj
하산 하자즈

흥미진진한 동시대 예술가인 하산 하자즈는 호화로운 질감을 살린 초상사진으로 가장 잘 알려져 있을 것이다. 초상사진에서 하자즈는 일상의 물건, 밝은 색채, 발랄한 패턴, 다양한 직물을 뒤섞고 재해석한다. 자세와 표정을 포착하는 날카로운 감각을 갖춘 하자즈는 초상사진의 대상을 날선 긴장감으로 그려낸다. 덕분에 피사체는 손에 잡힐 듯 활력 넘치는 존재감을 갖게 되어, 금방이라도 사진틀 밖으로 나와 방으로 걸어 들어올 것 같다. 전통적인 시각 모티프를 끌어오기는 하지만, 결과물이 전달하는 것은 대담한 현대성이다.

몇 년 전 나는 매사추세츠주 우스터미술관에서 열린 하자즈의 개인전을 보러 갔다. 주로 사진 작업으로 알려졌지만, 하자즈의 작업은 다양한 분야를 넘나든다. 이를테면 뛰어난 기량을 보여준 영화 제작이라든가 인상적으로 겹겹이 쌓은 멀티미디어 설치작품 같은 것들이다. 〈나의 록 스타My Rock Star〉라는 제목의 이 전시는 응집력 있으면서도 광범위하고, 비디오와 사운드, 사진과 설치를 아우르고 있었다. 심지어 자신이 직접 디자인한 가구도 있었는데, 전시장 한쪽 모퉁이는 나지막한 스툴과 책을 쌓아둔 테이블로 채워져 있었다.

전시장 내에 관객이 앉을 수 있게 마련된 이 구역은 그 자체로 설치작품인 동시에 전체 전시와 교감하는 방법을 제공했다. 설치작품 한가운데에 자기가 디자인한 가구를 놓아 거기 앉아서 책을 훑어보고 사진을 감상하고 공간에서 시간을 보내게 함으로써, 하자즈는 미술관 관객들이 자신의 작업을 더 느린 속도로 바라보고 예술과 직접적인 관계를 맺도록 독려한 것이다. 작품에 다가가면 안 된다고 저지당하기 일쑤인 미술관에서 하자즈의 작품을 이렇게 직접 만지며 몸으로 관계를 맺고 있자니, 거의 사치스럽다는 기분이 드는 동시에 조금 초월적인 느낌도 들었다.

이처럼 나를 감싸는 듯한 미술관 환경 덕분에 하자즈의 집에도 호기심이 생겼다. 나중에 알고 보니 그의 집 공간 활용도 마찬가지로 창의적이었다. 모로코 마라케시에 있는 하자즈의 집은 개인 주거지이자 작업실이다. 또 작품을 전시하고 개방된 티룸에 방문객을 맞이할 때는 갤러리 공간이자 리아드riad, 모로코와 안달루시아의 전통 주택으로 중앙에 실내 정원이 있다.가 되기도 한다. 2002년 하자즈가 이 집을 샀을 때, 그는 이 공간이 세월을 지나며 이처럼 다양하게 진화할 줄은 예상하지 못했다.

하자즈는 1961년 대서양 해안에 접한 모로코 북부의 도시 라라슈에서 태어났고, 어린 시절 대부분을 모로코에서 살았다. 그리고서 열세 살이 되었을 때 가족과 함께 영국 런던으로 이주했다. 현재 하자즈는 런던에 있는 아파트와 마라케시의 집을 오가며 살고 있다. 이 두 도시에서 살면서 하자즈는 두 나라의 양쪽 지형 모두와 지속적인 관계를 맺을 수 있었다. 두 집은 하자즈의 삶에서 서로 다른 역할을 담당하고, 실내 장식도

이 차이를 반영하고 있다. 런던 아파트에서는 두 자녀를 키우며 가족이 함께 산다. 마라케시에 있는 집은 실험 공간으로서 다양한 아이디어와 미학적 발상을 시험해볼 수 있는 곳이다. 이곳에서는 그의 작품에서 가장 생생하게 반복해서 나타나는 수많은 창작적 관심사들이 울려퍼진다.

하자즈가 마라케시의 집을 개조하는 데에는 4년이 걸렸다. 그는 이 건물이 주거용으로 쓰이는 것은 물론이고 작품 활동을 위한 배경 역할도 하기를 바랐다. 나와 대화를 나누었을 때, 하자즈는 바닥, 벽, 천장 전체의 타일을 모조리 다시 깔았다고 했다. 심지어 벽과 계단 몇 개는 위치를 옮기기까지 했다. 전통적인 리아드 주택 한가운데 있는 분수도 없애버렸다. 분수를 둘러싼 안뜰의 역할을 바꾸기 위해서였다. "전반적으로 제가 살고 싶은 방식대로, 또 제가 작업을 보여주고 싶은 방식대로 집을 다시 디자인했어요." 하자즈는 이렇게 말했다. 집을 다시 장식하고 이런 사소한 부분을 변경하기는 했지만, 이 집의 원래 건축을 대체로 존중했고 뼈대도 그대로 유지했다. "장소는 제가 뭘 해야 하는지 말해주죠."

그 결과 모로코 전통 주택의 건축과 디자인 요소가 하자즈 자신의 미학적 시각과 결합한 공간이 탄생했다. 중앙 안뜰에는 아름다운 패턴 타일을 바닥에 깔고 화분을 놓았으며, 안뜰을 향해 열려 있는 '바이트bâyt'라고 부르는 아늑한 좌식 공간들로 가장자리를 둘러쌌다. 하자즈는 안뜰과 바이트 모두를 탁자와 의자, 쿠션을 댄 긴 벤치로 채웠는데, 대부분 직접 디자인한 것들이다. 하자즈는 빨간색 직사각형 플라스틱 상자와 원통형 플라스틱 들통의 용도를 변경해 의자로 만들고, 그 위에 다양한 프린트와 패턴이 들어간 주문 제작 쿠션을 댔다.

한창 건물을 개조하는 동안에는 집을 대중에게 공개할 계획이 없었다. 그 아이디어는 집이 점차 변화해가면서 저절로 펼쳐졌다. 개조를 마치고 자신의 작품 일부를 공간에 배치하고 나니 이 작업을 좀더 개인적인 공간에서 남들과 공유하고 싶다는 생각이 들었다. 게다가 집 안에 활기가 넘치는 것도 좋았다.

그리하여 2006년에 하자즈는 '리아드 이마Riad Yima'라는 이름을 붙인 자신의 집을 공개했다. 방문객들은 낮에 이곳에 들어와 하자즈의 예술과 디자인에 둘러싸여 안뜰에서 차를 마실 수 있다. 하자즈는 자신의 집을 사람과 예술과 아이디어가 흐르는 역동적이고 창의적인 공간으로 본다.

하자즈는 리아드 티룸에서 이루어지는 대중의 경험 그리고 집과 작업실에서의 좀더 개인적인 차원 사이에서 균형을 잘 잡는다. 낮 동안에는 리아드가 내내 북적거리는데, 이때 하자즈는 볼일을 보러 나가 있는 경우가 잦다. 티룸이 문을 닫은 저녁이면 리아드는 잠잠하고 조용한, 사적인 집이 된다. 대중에게 공개된 영역은 이제 친구들을 초대하거나 일상생활의 리듬에 맞춰 자신만의 시간을 즐길 수 있는 주거 공간으로 변화하는 것이다.

하자즈의 이런 접근 방식에는 집이란 바깥세상에서 물러나 들어가는 개인적 장소일 뿐 아니라 우리 자신을 타인에게 확장할 수 있는 곳이라

는 관념이 내재해 있다. 집이 환대, 관대함, 관계 맺음의 장소였던 것은 모로코의 오랜 전통이다.

모로코에서 이 전통은 나름의 깊은 역사와 정취를 갖고 있다. 모로코의 수많은 집은 건축 그 자체에 환대의 개념이 들어 있다. '리아드'라는 말은 중심에 안뜰을 품은 집을 가리킨다. 보통 모로코 주택의 외부는 별다른 주의를 끌지 않는다. 건축의 주안점은 집의 앞면을 통해 누군가의 집을 세상에 드러내 보이려는 것이 아니라 사람들을 실내 공간으로 끌어들이는 데 있다. 안뜰에 있는 호화로운 패턴 타일, 정교한 목조 장식과 석고 장식은 집의 거주자와 손님이 함께 모여 편안함과 행복감, 환영받는 기분을 느끼도록 디자인된 것들이다. 다른 사람과 함께 차를 마시며 집 안에 머무르는 동안 집의 미학적 아름다움이 여러 감각을 통해 스며든다.

모로코를 포함해 세계 많은 곳에서 손님에게 차를 대접하는 것은 특히 오래된 따뜻한 환영의 표현이다. 몇 해 전 여름에 모로코에서 남편과 몇 주 동안 지내면서 우리는 상점 문턱을 넘어서자마자 가게 주인이 우리를 위해 불에 주전자를 올리는 일을 종종 경험했다.

하자즈는 티룸을 열기로 한 자신의 결심에 대해 이야기하면서, 이곳에 방문하는 사람들에게 어떤 의미일지의 관점으로 표현한다. "메디나(구시가지)에 들어가는 사람들은 대부분 길을 잃고 헤매는데, 어느 시점에 이르면 앉아서 차를 한잔 마시고 싶어집니다. 티룸은 메디나의 온갖 혼돈에서 벗어나기에 좋은 곳이에요." 그는 이렇게 말했다. "많은 사람이

······ 들어와서 한숨을 돌리죠." 이런 식으로 하자즈의 티룸은 바깥의 도시를 잠시 잊고 다른 사람들과 친교를 맺게 해준다.

하자즈는 예술가의 집에서 작품을 마주쳤을 때 사람들이 더욱 친밀하게 예술과 관계를 맺는다는 데 흥미를 느낀다. 미술관이나 갤러리에서 예술을 마주한 경우와 좀더 개인적이고 가정적인 공간에서 우연히 발견한 경우 사이에는 질적인 차이가 있다. 하자즈의 티룸을 방문해서 그의 작품을 보는 동안 본질적으로 관람 속도가 느려졌다. 그의 집에 있다는 상황이 관람 경험을 더 허물없고 친밀하게 만들어주었다.

하자즈의 마라케시 집은 진화하는 창작 공간이어서, 그는 작품에 둘러싸여 살면서 아이디어와 가능성이 서로 유기적으로 발전하도록 그 범위를 시험해볼 수 있다.

하자즈의 작업은 늘 경험적 몰입, 반복, 열린 결말의 탐색을 통해 모습을 드러낸다. 작가로 활동하던 초기에는 제품 디자인 일도 했고, 레코드숍에서도 일했으며, 런던 음악계에서 클럽을 운영하면서 패션업계에 관여하기도 했다. 이처럼 폭넓은 활동과 관심사가 그의 이후 작품에도 형태를 드러냈다. 평생에 걸쳐 하자즈는 각기 다른 아이디어를 시도해보고 직접 경험해보면서 그것이 예술적 방향성을 띠도록 발전시켰다.

마라케시의 집도 비슷한 기능을 한다. 하자즈는 그 공간에서 새로운 아이디어를 시험하는 데 열린 마음을 갖고 있다. 무슨 일이 일어날지 지켜보면서 시간의 흐름에 따라 새로운 가능성이 자연스럽게 떠오르도록 하는 것이다. 하자즈는 이렇게 말했다. "1년 혹은 5년 후에는 뭔가 다른 걸 할지도 모르죠. 그럴 가능성을 항상 열어놓으려고 해요."

최근에는 리아드 이마에서 자신의 작품 전시 외에 다른 예술가들의 작업도 보여주기 시작했다. "공간을 공유하는 거죠." 지금까지 그는 다른 예술가 두 명의 개인전을 열었고, 앞으로도 계속 자신의 집 공간을 이런 식으로 사용하면서 자기가 존경하는 예술가들을 지원하고 응원하려고 한다.

하자즈는 자신의 집이 예술을 관람하는 장소로서 미술관 역할을 한다는 것을 이해하는 동시에 종류가 다른 경험에도 개입한다는 사실 또한 알고 있다. 그의 지적에 따르면 미술관은 예술을 전면에 내놓으면서도 레스토랑과 선물 가게를 갖추고 있다. "저도 그 청사진에 적합하게 공간을 가지고 놀았지만 좀더 개인적이고 편안하게 꾸몄죠."

리아드에 있는 티룸과 더불어, 하자즈는 자기가 직접 디자인한 오브제나 장식품을 판매하는 작은 가게를 열었다. 미술관의 기념품숍 같지는 않다. 가게와 티룸은 예술가들과 창의적인 사람들에게서 종종 발견되는 사업가 정신을 반영하고 있다. 예술 창작의 바탕을 이루는 어떤 창의성이 다른 매체와 삶의 영역에서 형태를 찾은 셈이다. 그렇기는 하지만 가게는 미리 계획한 사업상의 활동이면서도 실용성을 고려해 어쩌다 우연히 연 것처럼 느껴지기도 한다. 사진 작업을 위해 하자즈는 오브제, 의상,

소도구, 배경을 만들어낸다. 자신의 초상사진 세계를 위한 물질문화 전체를 생산하는 것이다. 그러고는 구매를 원하는 사람이 있을 때를 대비해 가게에 놓아둔다. 하자즈는 누가 거기서 아무것도 사지 않아도 개의치 않는 듯하다. 딱히 판매하려는 목적으로 만든 것도 아니기 때문이다. "그냥 와서 구경만 해도 돼요. 정말로 누구나 환영해요. 판매가 중요한 게 아니거든요."

중요한 건 시험 삼아 작품을 만들고 아이디어를 나누는 것, 탐색하며 무턱대고 시험해볼 공간을 갖는 것인 듯하다. 그리고 결정적으로, 하자즈에게 그 실험은 꽤 즉각적이고 위험도가 낮은 상호 동력을 바탕으로 일어난다. 종종 관객과 마주친 경험이 창작으로 연결되기도 하는 것이다.

집과 리아드에서 하자즈는 나중에 전시로 구현할 아이디어를 탐색한다. 내가 우스터미술관에서 본 층층이 쌓인 멀티미디어 설치작품도 그런 경우였다. 전시장에 마련된 앉을 수 있는 구역도 리아드 티룸에서 본 것과 다르지 않게 느껴졌다. 가구 또한 마라케시 집에 만들어둔 가구와 비슷했다. 집이라는 위험도 낮은 공간에서 반복해서 시도함으로써 그는 미술관 전시가 어떤 모습이 될 수 있을지 재구성할 수 있었다.

하자즈는 환영받는 기분이 드는 몰입의 공간에서 예술을 경험하도록 초대한다. 가정집의 맥락을 지닌 티룸에서도 그렇고 미술관이라는 형식적인 공간에서도 마찬가지다. 하자즈의 작업은 경계를 구부리고 공간의 목적을 바꾸고 재정의한다. 미술관 전시가 휴게 공간이 되고, 집이 티룸이 되며, 같은 건물 안에 상점과 작업실이 있는 세계를 제시하는 것이다. 하자즈는 전통적으로 구분되어 있던 기능과 공간을 혼합해 새로운 일관성을 가지도록 한다.

Louise Bourgeois

루이즈 부르주아

볼티모어에서 살던 몇 년 동안 나는 자주 워싱턴D.C.로 여행을 가서 친구를 방문하거나 대학원 수업에도 참석하고 스미스소니언에서 하는 다양한 전시회를 보러 다녔다. 친구들과 나는 워싱턴국립미술관 조각공원이 내려다보이는 작은 카페에서 자주 만나 차를 마시고 페이스트리를 먹곤 했다. 고전적인 분수가 놓인 그곳 정원 중심부에, 요정 조각상이나 말에 탄 기수 조각상이 있으리라고 기대할 법한 그곳에, 8미터가 넘는 루이즈 부르주아의 조각 「거미」가 서 있다. 부르주아의 거미는 내 창작 활동에서 가장 중요한 여러 대화에 스며들었고, 대중에게 개방된 공원에서 그 조각을 보고 있으면 여전히 초현실적인 전율을 느낀다. 부르주아의 작품은 우리의 기대를 교란하고, 차마 말로는 다 표현할 수 없는 인생 경험을 그처럼 공공연하게 보고 있음을 깨닫고는 깜짝 놀랄 정도로 기운찬 감동을 받는다.

내셔널몰에 있는 거미는 부르주아가 80대와 90대였을 때 조각한 여러 연작 중 하나다. 기억을 불러일으키고 포괄하는 성격이 강해서 오랜 작품 활동 기간에 부르주아가 남긴 유산이 재정립된 작품이다. 부르주아가 만든 거미는 야외 공공장소에 설치된 경우가 많은데, 각이 진 아치를 이루는 거대한 규모의 다리가 풍경을 다른 모습으로 바라보게 한다. 야외에 설치된 거미를 보는 것도 좋지만 내가 제일 좋아하는 거미 조각은 미술관과 갤러리 안에 전시되어 실내에서 볼 수 있는 것들이다.

뉴욕 허드슨밸리에 위치한 디아비컨에는 부르주아의 「웅크린 거미」가 전시돼 있다. 이 거미는 서 있는 게 불가능해 보일 정도로 점점 가늘어지는 가냘픈 다리로 균형을 잡고 있다. 형태는 청동이 아니라 마치 근육과 힘줄로 이뤄진 것처럼 유기적으로 느껴진다. 다리 몇 개는 바닥에 더 가깝게 구부러져 있고 나머지는 의기양양하게 각을 세워 높이 치솟아 있다. 미술관 2층에 있는 벽돌로 된 작은 방에 가까스로 들어간 것처럼 보이는 「웅크린 거미」는 원래 산업 시설이었던 건물의 오래된 창으로 비스듬히 들어오는 빛을 받고 있다. 이 작품은 출입구에서만 볼 수 있어서, 점진적인 단편으로만 형태를 흘끗 보고 이해할 수 있을 뿐이다. 이 설치작품에는 구조적인 긴장감이 감도는데, 비좁은 공간과 빡빡하게 고정된 틀 안에서 작품을 응시해야 한다는 사실이 작품의 힘을 증폭시킨다. 이런 식으로 작품을 경험하고 나면, 루이즈 부르주아의 거미들은 우리가 늘 간직하고 있던 어떤 경쾌한 힘, 어떤 진실을 드러내어 우리 내면에 새로운 공간을 열어준다.

부르주아의 많은 작품은 인간 경험의 신비로운 잠재의식적 공간을 탐색한다. 부르주아는 복잡한 감정 표출을 북돋는 밑거름으로서 기억을 캐내곤 했고, 집을 기억의 저장소이자 기억의 은유로 여겼다.

부르주아는 1911년 프랑스 파리에서 태어나 1938년에 뉴욕으로 이주했다. 2010년 98세를 일기로 세상을 뜨기 직전까지 70년이 넘도록 작업했던 예술가였다. 성장기에 부모님은 태피스트리 복원으로 생계를 이었는데, 이 경험이 부르주아의 예술에도 스며들었다. 거미들은 자신의 어린 시절을 가득 채웠던 어머니와 직조 행위를 반향한 것이라고 부르주아는 말하곤 했다. 어린 시절은 작업에 다른 식으로도 영향을 미쳤다. 부르주아의 아버지는 딸의 입주 영어 가정교사와 10년간 불륜관계를 지속했고, 이는 가정에 비밀과 간통이 엮인 거미집을 만들어 가족이라는 직물을 붕괴시켰다. 부르주아가 자신의 작품을 해석하는 렌즈로서 제시하곤 했던 이 경험은 확실히 집이라는 이미지를 가득 채우는 힘에 관해 무언가를 드러내는 듯하다. 상징주의와 깊숙한 심리가 뒤얽힌 거미줄에서 끌어낸 보이지 않는 잠재력과 힘이 겹겹이 가득 채워진 것처럼 보이는 것이다.

1940년대부터 나온 '여성 집Femme Maison' 연작은 여성의 형상을 집과 병합한다. 한 회화작품은 여성의 몸통을 보여주는데 여기서 머리와 목은 집의 정면으로 대체되어 있다. 1990~93년에 제작한 혼합매체 조각 설치작품 「밀실(슈아지)Cell(Choisy)」은 자신이 성장한 집을 본뜬 대리석 모형을 보여주며 그 위에는 언제라도 뚝 떨어져 집을 절단할 태세로 기요틴이 매달려 있다. 집들을 환기하는 작품을 포함해, 부르주아의 작업은 늘 그렇듯이 하나의 정해진 해석에 저항한다. 작품마다 상징과 참조, 연상이 조밀하게 들어차 있다.

부르주아는 50년 가까이 뉴욕 첼시에 있는 웨스트 24번가의 타운하우스 자택에서 살았다. 세 아들이 장성하고 나서 1962년에 미술사가인 남편 로버트 골드워터와 함께 사들인 집이었다. 1973년에 골드워터가 사망한 후 부르주아는 그 집과 자신의 가정 경험을 완전히 바꿔놓았다.

부르주아는 방을 재배치했다. 골드워터가 살아 있을 때 지하에 있던 작업실 공간을 1층의 주거 공간으로 옮겨 확장했다. 침실도 남편과 함께 썼던 2층 뒤편의 방에서 다른 방으로 옮겼다. 부엌에서는 스토브를 떼어 내고 그 대신 2구짜리 핫플레이트와 토스터를 들였다. 더는 요리를 하고 싶지 않다는 뜻으로 결정한 것이었다. 식탁은 접합 부위를 떼어내 일부는 작은 탁자로 만들고 일부는 책상으로 썼다. 이렇게 집을 변화시킨 것은 한편으로는 슬픔에 대한 반응이자 실용적인 행위로 느껴지지만, 다른 한편으로는 저항의 표명 같기도 하다. 관습, 공간 배치, 가정생활의 틀을 해체한 것이다.

부부가 살던 그 집에서, 부르주아는 가정의 주요 생활공간을 예술 창작의 중심지로 삼았다. 수년간 브루클린에 더 큰 작업실을 별도로 유지하고 있었지만, 집도 작업실로 쓰면서 창작 활동이 가정 공간과 일상의 모든 면면에 배어들었다.

탁자 옆 기다란 벽에는 사진, 기사, 신문 스크랩, 가족 스냅사진을 핀으로 고정해 붙여두었다. 벽에다 영어와 프랑스어로 단어나 문구를 적었고 벽난로 선반 위에는 전화번호를 메모했다. 책장 선반이 벽 전체를 타

고 올라가 침대 겸용 소파의 위와 옆을 가득 채웠다. 세상을 떠나기 전 몇십 년 동안 부르주아의 집에는 파일 더미와 종이 뭉치가 높이 쌓여 선반이 무너질 지경이었다. 거실과 부엌 사이에 있는 노란색 유리문은 여기저기 깨지고 갈라지기 시작했다.

부르주아의 공간이 내보이는 신호는 관습적인 장식을 잘라내는 것이었다. 벽난로 선반 위에다 휘갈겨 쓴 전화번호는 꼭 벽에 상처를 낸 것처럼 보여 예술가의 흔적 남기기 또는 장식에 대한 거부처럼 느껴진다.

그 모든 종이 뭉치는 저마다 나름의 독특한 힘을 뿜어낸다. 종이 더미와 선반, 파일 캐비닛은 부르주아의 집에서 경계를 형성한다. 잡동사니를 너무 많이 쌓아두는 것을 부정적으로 인식하는 우리 문화에서는 수집과 적재가 지닌 생성의 힘, 축적이 가질 수 있는 모든 아픔과 보호 효과를 무시한다. 그것은 우리를 안전하게 지키는 요새 역할을 할 수도 있고 저장고가 될 수도 있다. 그 많은 책과 서류 덕분에 부르주아는 과거의 물질적 흔적에 둘러싸여 살 수 있었다. 기록을 보관하는 행위로 인해 부르주아는 자신의 예술에 그토록 필수적인 자원이었던 기억의 씨앗과 연결될 수 있었던 것이다.

부르주아가 살았던 어수선한 집은 무언가를 환기하는 기묘한 아름다움을 지니고 있다. 이 책에 실린 모든 집 중에서 부르주아의 집만큼 사람들에게 자주 질문을 받은 곳은 없었다. 질문하는 이들의 목소리는 경탄과 희망의 숨결을 속삭였다. 이 집은 우리 안에 있는, 집이 취할 수 있는 급진적 감각을 포착하는 것만 같다. 관습을 거스르는 표현을 수용하는 것이 가능하다고 노래하는 것만 같다. 부르주아의 집은 많은 사람에게 영감을 불어넣는다.

살아생전에도 부르주아와 그녀의 집은 많은 젊은 예술가들을 자극했다. 부르주아는 매주 6일씩 작업하면서 거의 모든 시간을 작업실에서 보냈다. 하지만 일요일에는 집을 개방하고 살롱을 열었다. 공동체를 구성하는 다양한 집단을 매주 살롱에 초대했는데 특히 새로 부상하는 젊은 예술가들에게 관심을 쏟았다.

부르주아는 세상에 관심이 많았다. 출처가 광범위한 정보에서 새로운 아이디어를 접해 자신을 확장하고, 자극하며, 도전의식과 호기심을 북돋는 것을 좋아했다. 젊은 예술가에 대한 지원을 확대해야 한다는 신념은 있었지만, 살롱에서 부르주아는 관심 없는 아이디어나 흥미롭지 않은 작업을 하는 사람을 무시하며 무뚝뚝한 태도로 겁을 주기도 했다. 살롱을 통해 부르주아는 여성에게 기대되는 사교적 섬세함이나 보살핌 같은 규범을 신경 쓰지 않고 타인과 관계를 맺을 수 있었다.

예술에서는 사적인 것과 공적인 것 사이에 긴장이 형성되는 경우가 종종 있는데, 이 역학의 이해관계가 부르주아와 관련해서는 더욱 고조되는 느낌이다. 기억과 창조적 자극이라는 내밀한 영역을 공적 갤러리 공간(그리고 미술비평과 대중의 의식과 야외 공원)에 가져다준 것이 부르주아의 예술이었다면, 이 경험을 복제하고 도치해서 공적 담론을 내밀한 가정 공간으로 가져온 것이 바로 살롱이었다. 그녀의 집은 세상과 대립하는 장소로 기능했다.

심리학에 오랫동안 관심을 가졌던 부르주아는 자신의 집을 심리학적 관점으로 이해했다. 그녀는 집의 방과 계단과 지하의 은신처에 이끌렸는데, 이를 인간 무의식의 토대와 비교한 적도 있었다. 그녀는 집을 안도감의 원천이자 은폐할 공간으로 가득한 부서지기 쉬운 장소로 보았다.

부르주아는 우리를 둘러싼 공간을 거쳐야 접근할 수 있는 신비한 힘에 대한 감각이 예민했다. 루이즈 부르주아에게 집은 징후이자 상징이고, 창작 활동에 깊은 직관을 주는 원천이며, 또 저항의 장소이기도 했다.

그녀는 집을 위안을 주는 장소일 뿐 아니라 불편함을 표현하고 기록하는 장소로서 스스로 재정의했다. 관습적인 장식 표현과 가정적 경험의 한계를 거부함으로써 집이라는 아이디어를 교란해 풍성한 결실을 보았다. 빽빽한 선반, 종이 뭉치, 낙서를 휘갈긴 벽에서 깜짝 놀랄 만큼 표현력 강한 목소리, 압도적이고 포괄적인 새로운 시각을 발견했다.

자신의 집에서, 부르주아는 기억을 차곡차곡 보관해두고 그 풍성한 기억이 생성해내는 잠재된 창의력 속에서 살았다.

루이즈 부르주아는 이렇게 말한 적이 있다. "나도 집이다."

Clementine Hunter

클레멘타인 헌터

클레멘타인 헌터는 자기 집을 형형색색의 벽지로 뒤덮었다. 나무 오두막집 맨바닥에 부드러운 리놀륨을 깔고 그 위에 철제 프레임 침대를 놓고 퀼트 이불로 덮었다. 구석구석을 질감과 온기로 채웠다.

적갈색 양철 지붕을 이고 외벽을 흰색으로 칠한, 방 여섯 개짜리 건물인 이 집은 루이지애나주 중북부 시골 케인강 바로 옆에 위치해 있었다.

사려 깊게 집을 꾸몄지만, 그 집은 결코 그녀의 것이 아니었다. 그곳은 헌터가 70년간 거주하며 일했던 멜로즈대농장 소유였다. 이 난처하고 다층적인 맥락이 헌터가 가진 집에 대한 감각, 예술, 인생 경험에 영향을 미쳤다.

헌터는 1886년 말 혹은 1887년 초에 이 지역에서 태어났다. 미국에서 노예제가 폐지된 지 겨우 21년 후의 일이었다. 친가와 외가 할머니 중 최소한 한 분은 노예였다. 헌터는 남북전쟁 후 남부 재건이 한창일 때 성장해 일생의 대부분을 짐 크로 법에 따른 심각한 인종차별을 겪으며 살았다. 헌터가 어릴 때 부모인 잰비어 루벤과 메리 앙투아네트 애덤스는 소작인이자 인부로 일했고, 헌터가 열다섯 살이던 1902년에 결국 멜로즈대농장의 고용인이 되었다. 가족이 대농장에 자리잡자마자 헌터는 농장에서 일꾼으로 일하기 시작했다.

1902년부터 1930년대 후반까지 30년이 넘도록 헌터는 면화를 따고 피칸을 수확하면서 일주일 중 엿새를 밭에서 일했다. 그러다 쉰 살이 되었을 때 농장의 안채에서 하인으로 일하기 시작해 요리, 빨래, 식사 시중을 도맡았다. 남편을 여읜 농장주 캐미 헨리는 그때쯤 예술가와 작가들을 멜로즈로 초대해 머물게 하면서 농장에 예술가 거주지를 설립했다.

예술을 접하게 된 헌터는 강렬하고 왕성한 예술적 재능에 눈을 떴고, 50대에 이르러 그림을 그리기 시작했다. 그녀는 멜로즈에 방문한 예술가들이 남기고 간 물감을 주워 긴 일과를 마치고 난 후 밤늦게까지 그림을 그렸다. 이는 평생에 걸친 습관이 되었다.

방대한 작품을 남긴 헌터는 그중에서도 백일초 꽃다발, 케인강 지역의 풍경, 멜로즈대농장과 주변 공동체 사람들이 사는 모습을 자주 그렸다. 단색 평면에다 파도처럼 소용돌이치는 붓질로 색채를 뒤섞은 그림들이었다. 주로 유화 물감으로 그렸는데 물감에 유동적인 에너지와 움직임을 더하려고 희석해서 썼다. 직접 보면 헌터의 그림은 눈부시고, 붓놀림은 서정적이며, 강과 하늘을 그릴 때 사용한 색 배합이 생생하다. 헌터의 색채는 생기가 넘친다.

1954년경 강가에 있는 흰색 외벽의 양철 지붕 집으로 이사했을 때 헌터는 큰 개인적 변화를 겪었다. 두번째 남편 이매뉴얼 헌터가 1944년에 사망했고 장성한 자녀들은 저마다 가정을 꾸려 헌터를 떠났다. 몇십 년 만에 처음으로 혼자서 살게 된 헌터는 자율성, 시간, 공간의 여유를 누릴 수 있었다.

이 시기에 대농장에 있는 다른 집으로 이사한 이유는 정확히 알려진 바가 없고, 헌터 자신의 선택이었는지 헨리 가문이 내린 결정이었는지도 알 수 없다. 어쨌거나 헌터는 자기 기호와 관심에 맞게 집을 개조하면서 바쁘게 지냈다. 방은 뒤쪽에 두 개를 더해서 여섯 개로 늘려 부엌, 화장실, 침실 두 개, 앞쪽 객실, 그림을 그릴 공간으로 구성했다. 헌터는 그림 그리는 방을 집의 중심에 두었다. 그 방에는 화목 난로, 가운데가 돌출된 찬장, 식사용으로 쓰는 탁자가 있었다. 분홍색 땡땡이 무늬 커튼을 달았고 그 위에 작은 플라스틱 거미를 핀으로 고정해놓았다. 따뜻한 날에도 헌터는 화목 난로에 계속 불을 지폈다.

헌터가 집을 장식한 방식 덕분에 원래 집 구조가 주는 느낌이 달라진다. 벽지를 바를 때 헌터는 벽지 두루마리를 바닥에서 천장으로 올리고 천장을 지나서 반대편 벽으로 내려오게 했다. 그래서 천장이 벽지로 아치를 그리는 모양새가 되었다. 헌터는 벽지가 흘러내리지 않게 주기적으로 못을 박았다. 덕분에 집은 모난 구석 없이 부드러워졌고 부드러운 곡선을 그리는 캐노피가 방마다 천장을 감싸고 있다. 그 집의 작은 방에 서 있으면 패턴으로 둘러싸인 고치 안에 들어간 기분이 든다.

그림 그리는 방에는 과일이 담긴 그릇, 금속 용기, 반으로 자른 사과 단면, 나무 숟가락 등이 초록색, 베이지색, 엷은 파란색으로 인쇄된 벽지를 발랐다. 가정적인 분위기의 벽지에 헌터는 존 F. 케네디, 마틴 루서 킹 주니어 목사, 예수의 사진을 액자에 넣어 걸어두었다.

헌터는 집을 부드러운 색채와 따뜻한 패턴으로 켜켜이 채웠다. 그림의 화면 전체를 패턴으로 구성할 정도로 거기에 강하게 끌렸던 것이다. 그 집에서 헌터는 온기와 활기, 위로가 감싸는 환경을 만들어냈다.

헌터는 자기 작품을 좀처럼 집에 오래 두지 않았다. 엄격하게 에너지를 쏟아 그림을 그렸고, 그림이 완성될 때까지 여러 날에 걸쳐 반복해서 작업했다. 작품은 대부분 팔아서 지역 수집가의 저변을 넓혀주었다.

헌터의 그림은 수집하기 좋은 작품이었지만 미국 남부의 짐 크로 법 때문에 살아생전에 작품이 전시되고 수집되고 비평적으로 이해되는 데에는 제약이 있었다. 호기심을 자아내는 민속미술 정도로 치부되는 일이 잦아서, 작품의 깊이, 혁신성, 예술적 진지함이 폄하되었다. 오늘날까지도 비평가들은 헌터의 작업을 원시적이라고 묘사하려는 경향이 강하다. 원시적이라는 말은 헌터의 작품이 가진 세련된 표현의 독창성을 전적으로 놓치고 있다.

헌터는 갤러리에서 작품을 전시하기도 했지만 집 현관 앞에 놓인 지붕 덮인 베란다에 작품을 전시해놓고 직접 그림을 팔기도 했다. 바깥에

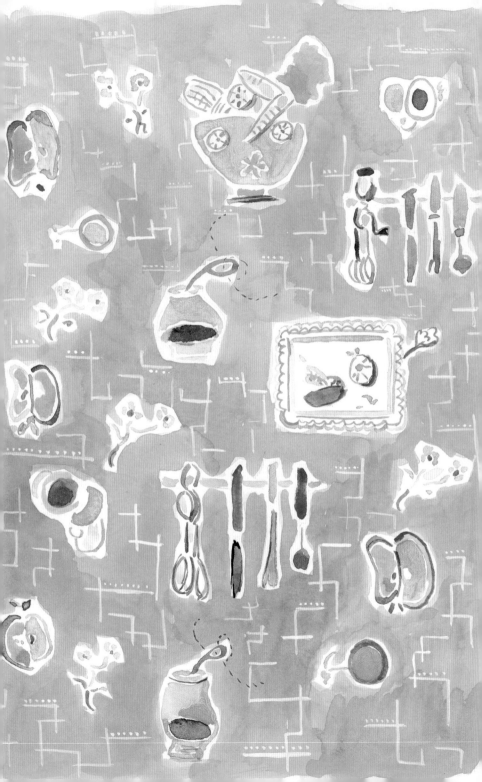

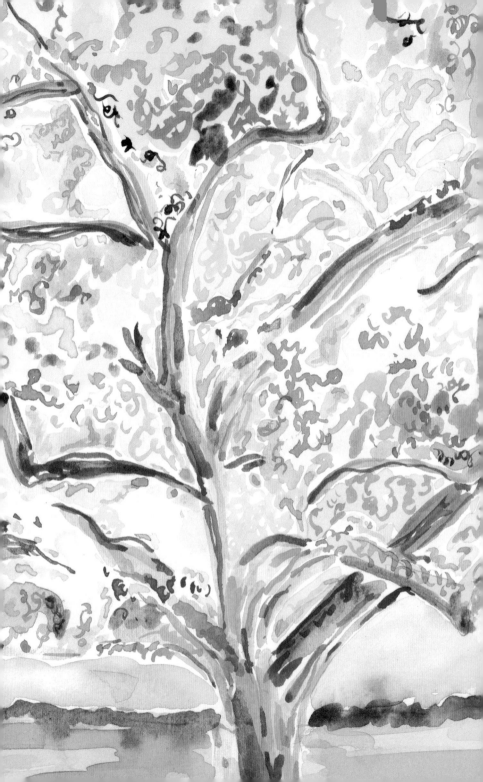

는 "구경에 50센트"라고 쓴 간판을 걸어 방문객에게 안내했다. 이 간판은
헌터가 자신과 자신의 예술을 어떻게 이해했는지를 보여주며, 또 그녀의
작품이 일종의 민속적 관광 상품으로서 판매되던 복잡한 방식을 드러낸
다. 작품을 보는 데 요금을 부과함으로써 헌터는 착취적 환경에서도 자
신이 금전적인 데 관심이 있음을 확고히 했고, 공간의 성격도 직접 규정
했다. 그녀는 자기 그림이 사람들이 구입해서 걸어놓는 장식품에만 국한
되지 않는다는 것을 알았다. 그저 구경하는 경험만으로도 사람들에게 예
술의 본질적인 가치를 전했던 것이다. 헌터가 자기 작품을 보는 데 관람
요금을 받았던 것은 미술관 입장료와 비슷한 느낌을 준다.

헌터는 자신이 고용인으로 있었던 문제투성이 구조 속에서 살았고, 또
동료 노동자, 이웃, 공동체와도 더불어서 살았다. 두 가지 맥락이 모두 나
날의 경험을 빚어냈고 그림에서 중요한 주제가 되었다.

고용주가 소유한 헌터의 집은 늘 노동 환경과 가까운 곳에 있었다. 헌터는 하인으로 일했던 대농장 저택에서 겨우 몇 걸음 떨어진 곳, 수십 년간 농장 일꾼으로 일했던 들판 건너편에 살았다. 헌터의 그림은 면화를 심고 수확하고, 장작을 패고, 빨래를 북북 문지르는 모습을 리드미컬하게 묘사한 장면이 많다.

대농장에서 살면서 헌터는 동료 노동자, 이웃과 촘촘한 관계를 맺으며 친밀하게 일상을 교류했다. 그녀의 그림은 침례식, 장례식, 결혼식, 음식을 나눠 먹고 여가를 즐기는 일상적인 순간들을 전달하며 공동체 생활을 그려냈다. 헌터의 친구들 다수는 이웃이기도 했다. 집에서 몇 분만 걸으면 친구 부부인 이스라엘 서더스와 제인 서더스의 집이 있었다. 이들은 노예 해방 이전에 멜로즈대농장의 노예였다. 헌터의 친구이면서 그녀의 예술을 적극적으로 지원했던 프랑수아 미뇽이 이후에 같은 건물에서 살기도 했다.

혼자 살기는 했지만 자녀들, 가족, 친구, 이웃이 헌터의 집에 정기적으로 들락날락했다. 자녀들이 다 자라고 나서 헌터는 손주들과 증손주들, 그 외 젊은 친척들이 앞쪽 침실에서 머물다 갈 수 있게 했다. 냉동고에 아이스바를 만들어두고 이웃 아이들에게 5센트에 팔기도 했다. 헌터의 집은 공동체의 생기 넘치는 에너지로 가득했다.

1977년에 헨리 가문이 멜로즈대농장을 팔았다. 같은 해 봄에 케인강둑이 범람해 헌터의 집 아래로 물이 밀려들었다. 90세였던 헌터는 오랫동안 살았던 멜로즈의 집을 떠났다. 케인강 옆에 위치한, 방 여섯 개짜리 그 흰색 집이었다. 헌터는 트레일러하우스를 샀고(그녀가 최초로 소유한 집이었다) 강 상류 쪽으로 이사했다. 생애 마지막 11년 동안 헌터는 트레일러 위치를 세 번 옮겼고 거의 백 살이 다 되어가던 무렵에 마침내 자기 소유의 땅을 샀다. 딸 메리 데이비스가 헌터가 새로 산 땅에 있는 집으로 이사를 왔지만 헌터는 이동 주택에 그대로 머물렀다. 딸이 가까이 살기를 바라면서도 혼자 지내는 게 좋았던 것이다.

늘 그랬던 것처럼 헌터는 자기 집에서 그림을 그리며 살았다. 트레일러의 비좁은 침실에서 잠을 잤고 뒤쪽 더 넓은 침실에서는 그림을 그렸다. 그 방은 이동 주택의 전체 폭을 차지하고 있어서 정문으로 들어오는 방문객은 누구라도 바로 보였다.

1977년에 이사해 나왔을 때 헌터가 살던 양철 지붕 집은 케인강 둑에 있던 원래 위치에서 옮겨져 농장 한가운데 땅에 놓였다. 건물 자체는 보존되어 지금은 방문객에게 개방하고 있다. 내부에는 대농장 생활과 헌터의 일생 그리고 예술작품에 대한 정보를 담은 명판이 있다. 그리고 아주 최근에 나키토시역사보존협회에서 사진 자료와 친구들의 기억에 근거해 헌터가 그림 그리던 방을 복원했다.

하지만 집의 나머지 부분은 기묘하게 따로 분리되었다. 부엌과 욕실은 건물 뒤쪽으로 뚝 잘렸고, 벽지는 제거됐으며, 리놀륨은 떨어져나갔고, 집의 마룻널과 벽에 댄 나무판도 벗겨졌다.

지금 상태의 케인강 집을 방문하면 친밀한 감정이 드는 동시에 방향을 잃은 듯한 기분이 든다.

집의 절반만 보존해둠으로써 헌터가 겪은 일의 진실이 상당 부분 생략돼버린다. 그녀가 요리했던 부엌, 동네 아이들에게 팔려고 만든 아이스바를 넣어두었던 냉동고, 집에 수돗물이 들어왔고 현대적인 기기들이 있었다는 단순한 사실 같은 것들 말이다. 이는 헌터가 인생에서 겪은 시대적 현실을 흐릿하게 만들고 그녀의 경험이 지닌 특수성을 부인하는 것이다. 헌터의 경력과 인생을 둘러싼 많은 이야기가 어렴풋해지고, 복잡한 부분들은 얼버무려진다. 복원된 대농장 저택들이 여기저기 흩어져 있는 지역에서, 노골적이면서 은밀한 방식으로 인종차별이 계속 일어나는 나라에서, 헌터의 해체된 집은 우리가 역사를 말하는 방식과 역사에서 생략해버린 것이 지닌 많은 문제에 공감하게 해준다.

이 책에 실린 예술가의 집들은 대부분 세세한 곳까지 정확하게 보존되어 있고, 여기에는 정당한 이유가 있다. 세부 사항에 주목하는 것은 특정한 사람들과 그들 역사의 중요성을 표시하는 방식이며, 영구적인 의미와 가치를 지닌 누군가의 작품을 기리는 방법이기 때문이다. 헌터의 집이 보여주는 모습은 그녀의 삶과 유산에 관해 너무나 많은 부분을 거짓으로 말하고 있다.

최근 헌터가 그림을 그리던 방이 복원된 것은 고무적인 시작이다. 클레멘타인 헌터는 자신의 집 안에서 너무도 창의적인 삶을 살았다. 집 전체를 복원하는 것은 우리가 그녀의 예술적 혁신을 좀더 완전하게 기념하는 하나의 방식일 것이다.

Vanessa Bell & Duncan Grant

버네사 벨과 덩컨 그랜트

버네사 벨과 덩컨 그랜트는 영국 이스트서식스에 있는 찰스턴 집으로 이사 오고 나서 거의 그 즉시 집 안 곳곳의 표면에 그림을 그리기 시작했다. 두 사람은 벽과 벽난로 선반, 문과 문틀, 가구와 장식장 문, 창가 자리와 탁자 위에도 그림을 그렸다. 눈에 띄는 모든 표면에 그림을 그렸다고 해도 과언이 아니었고, 새로 그림을 그릴 곳이 마땅치 않을 때는 이미 그려놓은 곳을 개칠해 그렸다. 두 사람은 텍스타일을 직접 디자인하고 카펫과 가구 덮개에 들어가는 패턴을 만들어냈으며 캔버스에 자수도 놓았다. 자신들의 집을 소용돌이무늬, 페이즐리, 기하학적 패턴, 관능적인 인체 형상, 꽃 그림과 그릇 속에 들어 있는 물고기 그림으로 뒤덮었다.

집은 이 두 예술가가 모티프, 색채, 패턴을 탐색하고 예술 형식을 실험하는 살아 있는 스케치북이었다. 두 사람은 찰스턴을 비단 집과 작업실만이 아닌 자신들이 들어가 살 수 있는 3차원 그림으로 창조했다.

벨과 그랜트는 제1차세계대전이 한창이던 1916년에 찰스턴으로 이사했다. 찰스턴에서 살기로 한 덕분에 그랜트는 농부로 일하도록 허가받았다. 이는 양심적 병역 거부자 지위를 얻을 수 있는 조건이었다. 두 사람은 결국 이 집에서 살게 되었다. 때때로 휴가차 쉬러 왔다가 나중에는 아예 정착해서 살았고 거주 기간은 수십 년에 이른다.

찰스턴에서 가족생활의 관계망은 늘 다소 복잡했다. 버네사 벨은 미술비평가 클라이브 벨과 결혼해 두 아들 줄리언과 쿠엔틴을 두고 있었다. 하지만 이 부부는 버네사가 찰스턴으로 이사했던 즈음에는 우호적인 개방 결혼관계를 유지하기로 합의한 상태였던 것 같다. 때때로 클라이브가 찰스턴에 머무르러 왔고 1939년에는 영구 거주에 가까운 형태로 그 집으로 들어와 연결된 방 두 개를 차지하며 자기 방으로 썼다. 혼인관계를 우호적으로 유지하긴 했어도 두 사람 모두 따로 연인이 있었고, 벨과 그랜트 사이에 발전한 다면적인 관계도 여기에 포함된다.

벨이 처음 찰스턴의 농가를 빌렸을 때 그랜트는 진지한 관계였던 연인 데이비드 (버니) 가넷과 함께 이곳으로 이사를 왔다. 그랜트는 자신의 동성애 성향을 받아들인 상태였고 이미 여러 남자와 몇 차례 중요한 애정관계를 맺은 터였다. 그런데도 그랜트와 벨은 서로 사랑하는 사이였으며 막간에 짧게 육체관계도 맺었다. 1918년에 두 사람은 딸 앤젤리카를 낳았다(하지만 딸이 성인이 될 때까지 아버지가 누구인지는 숨기기로 했다).

벨과 그랜트는 육체관계가 끝나고 한참 후에도 절친한 친구로 남아 생애 대부분을 플라토닉한 관계로 함께 살았다. 찰스턴에서 두 사람은 조화롭고 평등주의적인 가정생활을 즐겼다. 그들은 오랫동안 친구로 지냈으며, 더 나아가 가까이에서 서로 지지해주는 동료 예술가이기도 했다.

찰스턴으로 이사하기 전에도 벨과 그랜트는 비슷한 창작 활동의 리듬을 따라가며 예술적 감성을 공유했다. 1913년에 두 사람의 친구이면서 학자이자 화가인 로저 프라이가 런던에 오메가 워크숍이라는 예술가들의 디자인 집단을 설립해 벨과 그랜트에게 운영을 맡아달라고 부탁했다. 이 집단은 순수 미술과 실내 장식을 포함한 여타 예술 디자인 형식 사이의 전통적 구분(그리고 위계)을 무너뜨리기 위해 분투했다. 오메가의 예술가들은 그들이 장식한 각 공간의 건축적 요소를 인정하려고 했고 그것을 강조하기까지 했다. 벨과 그랜트는 이 책에 소개된 그 어떤 예술가들보다 더 실내 공간과 장식을 둘러싼 철학에 의도적으로 개입했을지도 모른다.

오메가의 운영자로서 두 사람은 공들여서 철학적 틀을 세웠고 이것이 찰스턴 집을 꾸밀 때에도 영향을 미쳤다. 두 사람은 집 표면에 주도면밀하게 그린 그림들이 다른 곳에서 펼친 예술 표현의 일부이며 그것과 동등한 위상을 지닌다고 보았다. 찰스턴의 그림들은 거주 공간의 전체 범위에 걸쳐 펼쳐지도록 디자인된 시각 모티프들의 물결치는 스펙트럼을 모두 보아야 충분히 이해되고 인지된다. 오메가에서 그들은 장식 예술과 실내 장식에 본질적인 예술 가치가 있다는 아이디어를 주장했다. 이 철학에 발맞추어 그들은 찰스턴을 그 자체로 완전한 하나의 작품이자 집만한 크기의 회화로 변화시켰다.

벨과 그랜트가 찰스턴에 그림을 그리면서 적용한 접근법은 오메가 워크숍 체제에 핵심적인 또하나의 신조를 강화한다. 바로 집 구조를 이루는 이미 지어진 건축의 요소를 강조하는 것이다. 그들은 찰스턴 집의 몰딩, 문틀, 벽난로 가장자리 같은 요소 각각이 지닌 독특한 표현력을 탐색하기 위해 거기에 장식적인 디자인과 뚜렷한 이미지를 그려넣었다. 이미 존재하는 건축 디자인 요소를 보완하기 위해 자신들이 가진 예술적 비전을 허용한 것이다.

두 사람은 오메가 워크숍 활동이 끝난 후에도 오랫동안 벽화와 실내 공간 그림을 주문받아 작업했다. 찰스턴에서 그다지 멀지 않은 곳에 있는 버윅교회에 완성한 정교한 벽화 연작도 그런 사례다. 두 사람 모두 이탈리아를 여행한 적이 있었고 그곳의 프레스코화에 충격을 받았다. 이는 두 사람의 벽화에도 오랫동안 영향을 끼쳤으며, 건축물의 실내라는 3차원 공간에 그린 그림이 지닌 미학적 잠재력에 관한 생각을 채워주었다. 그들은 장소 특정적 미술의 개념에도 관심이 있었다. 그렇기에 찰스턴은 두 예술가 모두에게 더 큰 예술적 탐색의 연장선에 있는 것이었다.

벨과 그랜트가 찰스턴에 그림을 그리면서 탐색했던 시각적 개념은 두 사람이 예술적으로 심취했던 핵심 부분들을 서로 연결한다. 두 예술가 모두 색채와 형태가 현대 회화에서 어떤 역할을 하는지에 관심이 있었다. 벨은 특히 단순화된 형태의 표현력에 매혹되었다. 집과 다른 작업 양쪽 모두에서 벨은 원형의 모티프와 패턴을 자주 탐색했다. 벨이 꾸민 실내 공간과 다른 회화작품에서도 뚜렷한 특징을 지닌 색채 배합과 붓질이 반복적으로 반향을 일으키는 것을 볼 수 있다.

　그랜트는 반복해서 인간 형상으로 돌아갔다. 거실(가족들은 '가든 룸'이라고 불렀다) 벽난로 선반 위 벽에 그린 두 인물, 작업실 벽난로를 끼고 양쪽에 그린 또다른 두 인물, 클라이브 벨이 쓰던 서재 문 뒤편에 그린 곡예사, 그리고 발레뤼스에서 영감을 받아 장작통에 그린 인물 등이 그런 예다. 다른 그림들과 마찬가지로 그랜트가 자신의 집에 그린 인물도 고전과 현대를 오가는 느낌을 준다. 이런 표현에는 어떤 서정성이 있으면서도 기념비적이며 대담한 느낌마저 든다. 작업실 벽난로 양쪽에 그린 두 인물의 형태는 특히 그랜트의 예술적 감각을 잘 드러낸다. 이 형태는 그리스 건축에서 지지 기둥 역할을 겸하여 설치했던 커다란 규모의 석조 여인상인 카리아티드를 본뜬 것이다. 그랜트가 그린 인물들은 그들 머리 위쪽의 벽난로 선반을 은유적으로 지탱하고 있으며, 그러면서도 그 자세에는 그랜트 특유의 역동성과 움직임이 온전히 담겨 있다. 인간 형상을 본능적인 존재감을 가진 것으로서 이해한 그랜트는 단단한 형태를 고집하여 거의 조각처럼 느껴질 정도의 동적인 추동력과 실체성을 구현했다.

　찰스턴에서 벨과 그랜트는 그들이 다른 곳에서 각자의 예술작품군에 표현했던 많은 아이디어를 발전시킬 수 있었다. 그 집에서 그들은 자유롭게 실험하면서 특정한 모티프, 양식, 개념을 연마하고 이 아이디어들을 가시화해 그들을 둘러싼 3차원 공간 어디에나 존재하게 했다. 매일매일 이런 시각 어휘와 더불어 살아가면서 자신들의 창작적 관심사를 유기적으로 흡수하고 진화시킬 수 있었던 것이다.

두 예술가 모두 가족의 삶을 시각적 연대기로 기록하는 사람들이었고, 다른 그림들에서도 찰스턴이 배경으로 자주 등장한다. 그랜트는 집 안에서 책에 둘러싸여 소파에 앉아 있는 벨을 그렸다. 벨은 자기 남편 옆에 앉아 와인을 마시고 있는 그랜트를 그렸는데, 가든 룸 벽에 손으로 그린 회색 페이즐리 문양이 그림의 배경에서 뚜렷이 보인다. 이런 식으로 그들은 다른 그림들에서도 집의 시각적 모티프를 재생산하면서 연구를 계속했다.

두 예술가는 모두 이처럼 주의 깊고 반복적으로 집의 경험을 다시 연구할 필요를 느꼈다. 가정 공간으로서 집은 오랫동안 가족의 안식처 역할을 했을 뿐 아니라 가족이라는 개념과 가족이 살아야 하는 방식을 보호하는 구실도 했다. 가정에 대한 이런 관습적인 기대는 벨과 그랜트가 함께 살아갈 수 있는 여지를 거의 남기지 않았다. 20세기 초 영국의 사회적 규범은 벨과 그랜트가 실천했던 개방적인 연애관계를 확실히 반대했다. 더 나아가 이러한 가정 구조는 벨과 그랜트의 정체성과 경험을 이루는 근본적인 요소를 지우고 배제했다.

그랜트가 살았던 시기 중 대부분은 영국에서 동성애가 불법이었다. 법은 1967년이 되어서야 개정됐는데, 그랜트가 이미 80대에 접어든 시기였다. 인생 말년에 이르기까지 그랜트의 정체성은 가정과 가족이라는 개념에서뿐만 아니라 영국 법률에서도 불법으로 규정됐다.

가정의 규범은 젠더 구조에서도 억압적일 수 있었다. 가사 활동이 여

성의 경험을 제한했고, 여성을 가정 내에서의 역할로만 한정하려 했으며, 여성이 다른 역할에 접근하는 것을 명시적으로 거부했다. 벨은 어머니로서의 역할과 예술가로서의 직업적 삶 모두를 망라해 급진적으로 다른 경험을 포용했다. 모두가 이구동성으로 증언하듯, 벨은 모성애가 깊었고 그러면서도 가족 내에서 아이들을 양육하는 것은 물론 지적인 삶과 예술적 독창성을 무척 중시했다.

집에 그림을 그리고 그 위에 다시 그림을 그리는 것은, 벨과 그랜트에게는 가정 공간의 이미지를 바꾸는 수단이었다. 그림 그리는 행위를 통해 그들 자신의 정체성을 드러내며 좀더 충만하게 살아갈 수 있는 공간으로서 집을 재창안하고 되찾았던 것이다. 전통적 가정생활의 경험에서 배제된 삶을 살았던 가족으로서, 벨과 그랜트는 가족의 일원으로 사는 것이 어떤 모습일 수 있을지 재정의하는 작업을 했다. 그들은 가정 공간을 전적으로 새롭게 경험하는 방법을 그려냈다.

찰스턴에서 벨과 그랜트는 오랜 기간 유지됐던 창작 공동체, 후에 블룸즈버리라고 알려진 집단과 밀접하게 협력하며 살았다. 벨의 동생인 버지니아 울프는 남편 레너드와 함께 근처에서 살았다. 오랜 친구인 로저 프라이도 자주 방문했고, 집의 핵심적인 개조 작업에도 여러 번 기여했다. 블룸즈버리그룹의 다른 친구들은 손님으로 찾아오거나 근처 주택을 차지하고 살았다. 찰스턴의 다이닝룸은 이들 지식인과 예술가 집단이 자주 모이는 장소였다. 이들은 벨이 그림을 그린 커다란 원탁에 둘러앉았다. 그 위에는 벨의 아들 쿠엔틴이 직접 만든, 천장에 별자리 모양으로 점점이 빛을 그리는 전등갓이 달려 있었다. 광범위한 지적 공동체인 찰스턴의 중심에서, 벨과 그랜트는 가정 공간을 자신들의 가족을 넘어서서 울려퍼지는 가치를 위한 자리로 재구성했다. 창의적인 실내 장식은 그들이 그 안에 모인 사람들을 위해 조성한 환경을 그대로 비추었다. 이는 곧 관용, 개방성, 창의적이고 지적인 참여, 개인적 자유를 끌어안는 환경이었다.

Donald Judd

도널드 저드

어찌어찌해서 우리는 이 책을 거의 끝낸 참이었다. 뉴욕과 텍사스 마파에 있는 도널드 저드의 아름다운 집들을 포함하지 않은 채 말이다.

어느 날 밤, 남편이 『뉴요커』를 펄럭펄럭 넘겨보다가 별생각 없이 말했다. "도널드 저드는 생각해봤어? 그 사람 집이 바로 뉴욕에 있어."

한 주 후에 휴스턴으로 여행을 간 나는 서점에 들어갔다가 텍사스 마파에 관한 책을 발견했고, 그곳에 저드가 개척한 집 디자인에 매혹되었다. 용도에 맞게 독창적으로 고친 집이었다.

그리고 나서 며칠 후 저드가 케이트의 인스타그램 피드 곳곳에 출몰하기 시작했다.

우리는 이를 징조로 여기고 조사에 나섰다. 그때쯤엔 우리가 저드를 빼고 책을 낸다는 것을 상상하기 힘들게 됐다.

저드는 자신의 예술과 집 디자인에서 공간과 물질을 기민하게 인식했다. 직접 보면 그의 집들은 놀라운 규모 감각과 역동적인 비율 탐색을 드러낸다. 저드의 집 안에 있으면 그가 창조해낸 서로 다른 공간 형태 속에서 몸이 편안해지면서 손에 잡힐 듯이 뚜렷한 감각 반응이 일어난다.

저드는 첫번째 집인 소호의 5층짜리 산업용 건물을 1968년에 샀다. 구겐하임재단에서 받은 예술가 기금으로 사들인 것이었다. 저드와 당시 그의 아내였던 무용수이자 안무가 줄리 핀치가 구입한 그 건물은 그때 소규모 의류 공장으로 쓰이고 있었다. 두 사람이 처음으로 이 건물을 둘러봤을 때에도 2층에는 재봉틀로 작업하는 여성들이 있었다. 건물 개조는 엄청나게 큰일이었다. 나무 바닥은 수십 년간 기계기름에 흠뻑 절어 있었고 첫번째 겨울을 지나면서 보일러가 터져버렸다. 두 사람은 어린 자녀를 키우며 방을 하나씩 개조했다. 주변 동네가 아직 소호라고 불리기 전의 일이었다. 주민도 많지 않았고, 근처에는 식료품 가게조차 없었다.

하지만 건물은 저드에게 널찍한 작업실과 주거 공간을 제공해주었다. 저드는 각 층의 용도를 구분했다. 2층은 요리와 식사를 위한 공간이었고, 3층은 작업실이었으며, 5층은 잠자는 공간이었다.

건물은 독특한 구상의 기회를 주기도 했다. 저드의 예술에서 상당수는 정육면체나 상자 같은 단순한 3차원 기하학 형태로 구성됐는데, 그는 이를 종종 연작으로 실험했다. 일부 작품에서는 일련의 기다란 직사각형 상자들을 벽에 하나씩 평행하게 끼워 수직으로 쌓아올렸다. 다른 작품에서는 넓은 바닥에 일련의 알루미늄 상자를 일정한 간격을 두고 늘어놓았다. 그는 자신의 작품이 조각이 아니라고 주장했다. 정사각형 혹은 직사각형의 사물만이 중요한 것은 아니었다. 그 형태들이 공간을 모양 짓는 방식 역시 중요했다. 기다란 상자들 사이의 음陰의 공간'네거티브 스페이스'라고도 하며, 예술에서 주제 이미지를 둘러싼 공간과 그 사이의 공간을 뜻한다.이 작품의 일부로서 전체에 필수적이었다. 저드의 집은 이러한 핵심적인 예술 개념을 탐구해볼 수 있게 해준 또다른 매체 역할을 했다.

소호의 집에서 저드는 확실히 음의 공간에 우선순위를 둔다. 바닥에서 천장까지 이르는 창문들로 가득한 두 개의 벽이 층마다 L자 형태를 만든다. 창은 스프링가와 머서가를 굽어보고 있으며 공간이 햇빛으로 흘러넘친다. 저드는 창문이 있는 면을 방해하지 않는 것이 건물의 건축적 완결성에 핵심적인 요소라고 보았기 때문에 벽을 세워서 공간을 구분해 잘라내지 않기로 했다. 대신에 저드의 뉴욕 집은 층마다 대체로 열린 평면을 갖고 있으며, 창문 달린 벽을 따라 난 풍부한 음의 공간으로 규정된다. 화장실이나 옷장처럼 별도로 두어야 하는 조심스러운 공간은 창문 반대편의 구석으로 밀어넣었다. 이런 기본적인 배치가 층마다 반복되면서 집은 마치 저드가 자신의 작품에서 직사각형 상자를 수직으로 줄 세우는 것과 비슷한 모양새가 되었다.

저드의 예술은 연속적인 배열 속에서 변주를 탐색하곤 했다. 예를 들어 철이나 강철로 된 일련의 상자는 디자인이 각각 경미하게 달라서 그것을 둘러싼 공간과의 관계도 미묘하게 변했다.

저드의 소호 집은 그에게 이런 개념을 실험할 기회도 제공해주었다. 다섯 개 층은 각각 서로 평행한 평면 역할을 했고, 이는 저드가 각 층에 미묘한 공간상의 변화를 도입할 수 있다는 의미였다. 3층에서는 마룻장과 벽 사이에 2.5센티미터 정도로 틈을 남겨두어 바닥이 둥둥 떠 있는 플랫폼 같은 감각을 자아내게 했다. 4층에서는 바닥을 비추는 것처럼 천장에도 똑같은 나무 마룻장을 대어, 각각의 널과 엇갈려 놓인 계단을 정확히 반향하도록 했다. 이 층에서는 천장이 낮아진 것 같은 기분이 들고 우리가 인지하는 방 형태가 변화하는 것 같다. 5층에는 방 전체 둘레를 따라 나무 굽도리널을 설치해, 건물 꼭대기 층이라 도시의 지붕 선이 파노라마로 펼쳐지는 이 방이 실은 움푹 들어간 공간이라는 감각을 전한다. 이처럼 디자인 변주는 미묘하지만, 층을 옮기며 이동하다보면 이 변주에서 느껴지는 육체적 감각이 손에 잡힐 듯하고, 즉각적이며 역동적으로 다가온다.

이 건물에서 생활하고 작업하는 것 외에도, 저드는 이곳을 예술작품을 전시하는 용도로 썼다. 대부분 그가 존경하는 다른 동시대 예술가들의 작품이었다. 2층에는 데이비드 노브로스에게 의뢰한 벽화가 있다. 5층에는 침대 건너편 창문이 있는 벽을 따라 댄 플래빈의 빛 작업을 설치했다. 4층에는 그가 직접 디자인한 가구와 함께 다른 동시대 예술가들의 작품을 전시했다.

저드는 예술작품과 그것이 전시되는 공간의 관계를 이해했고 지정된 장소에서 작품을 영구적으로 전시하는 가능성에도 관심이 있었다. 그는 자신의 집을 영구 설치를 실험하는 공간으로 사용하면서 작품을 둘러싼 공간을 작품 그 자체를 경험하는 맥락으로 만들었다. 오브제와 그것을 둘러싼 공간 사이에 역동적이고 균형 잡힌 관계를 만들어내기 위해 각각의 작품과 각 방의 세간을 둘러싼 음의 공간을 남겨두었다.

저드가 집의 디자인 개념에 치중했던 만큼이나 그 집은 가족의 거주 공간이기도 했다. 저드와 핀치는 그곳에서 두 어린 자녀를 키웠고 그 집의 실내 장식에는 가족이 살았던 흔적이 풍부하게 남아 있다. 저드는 부엌 수납장 문 뒤로 인형 극장을 설치했고, 아들이 자는 다락에는 주문 제작한 붙박이 사다리를 놓았다.

소호에 있는 집을 개조하긴 했으나, 저드는 텍사스 서부의 탁 트인 관목지에 위치한 마파라는 인적 드문 외딴곳에 점점 마음이 끌렸다. 저드가 처음 마파를 방문했을 때는 건물 다수가 비어 있었고, 그는 부동산들을 사들여 용도를 변경하기 시작했다.

저드가 사들인 부동산 중에는 군용 건물이 여러 채 있었는데, 여기에는 예술작품을 설치하기에 적당한 거대한 격납고와 가족이 사는 집으로 개조한 병참 장교의 집(애칭으로 '더 블록'이라고 부른다)이 포함되어 있었다. 1977년에는 아이들을 마파로 데려왔다. 텍사스로의 이사를 서두른 까닭은 이혼과 계류 중인 양육권 분쟁 때문이기도 했다. 하지만 한편으로는 집 디자인과 예술작품의 영구 설치가 좀더 넓은 환경에서 어떻게 펼쳐질지 실험해보고 싶은 마음도 간절했다. 소호 집이 넓긴 했어도(지금도 그렇지만 그때도 예술가가 뉴욕에 건물 한 채를 전부 소유하는 일은 드물었다) 음의 공간에 큰 가치를 두었기 때문에 층마다 대규모 작품을 겨우 몇 점만 둘 수 있었다. 마파는 공간에 대한 아이디어를 좀더 멀리까지 밀어붙일 수 있게 해주었다.

저드 가족은 몇 해 동안 내내 마파에서 살다가 아이들이 뉴욕에 있는 고등학교에 다닐 수 있도록 소호 집으로 돌아갔다. 마파에 사는 동안 저드와 아이들은 두 군데 집을 자주 오갔기 때문에 한 곳에 살고 있을 때에도 다른 한 곳 역시 가족 풍경의 일부로 남아 있었다.

마파에서도 저드는 자신의 집을 개념 실험의 장소로 이용했다. 집 바깥에 퍼걸러를 지어 그 아래에 커다란 식사용 테이블을 놓았고 근처에는 수영장을 만들었다. 퍼걸러 지붕의 직사각형이 아래로 판 수영장의 직사각형으로 도치되었다. 저드는 대칭과 역전, 그리고 주제 안에서의 변주에 여전히 관심이 있었다. 마당 가장자리에 아도비 벽 두 개를 세워 벽 하나는 높이를 일정하게 만들었고 나머지 하나는 벽 높이가 땅의 자연적인 높낮이를 따르게 했다. 그 결과 나타난 차이로 인해 우리는 공간과 풍경의 관계를 더 날카롭게 인지하게 된다. 이번에도 저드의 개념적인 작업이 가족의 일상과 뒤섞였다. 집의 또다른 면을 따라서 저드는 딸을 위해 잔디와 자두나무를 심었다. 나중에 저드는 딸이 마당을 갖고 싶어 했다고 말했다.

뉴욕에서는 건물의 층을 구분하여 삶을 구성하는 요소와 예술 활동을

나누었다면, 마파에서는 건물 하나에 일상의 기능과 창작의 기능을 하나씩 부여했다. 아이들과 함께 사는 건물이 있었고, 자신의 예술작품을 설치하기 위한 건물, 다른 예술가들의 작품을 설치해 전시하기 위한 건물도 있었다. 여러 해에 걸쳐 저드는 마파에서 기존 건물을 매입해 용도를 변경하는 일을 계속했다. 업무 요소를 더욱 잘게 나누어 한 건물은 건축 작업실로, 다른 건물들은 예술 작업실로, 또다른 건물 하나는 장서 1만 3000권을 둔 서재로 지정했다.

저드는 뉴욕과 마파의 집에 모두 서재를 두었다. 독서는 평상시 작업실 활동에서 필수적인 부분이었는데, 마파 서재에는 책장 제일 아래 칸

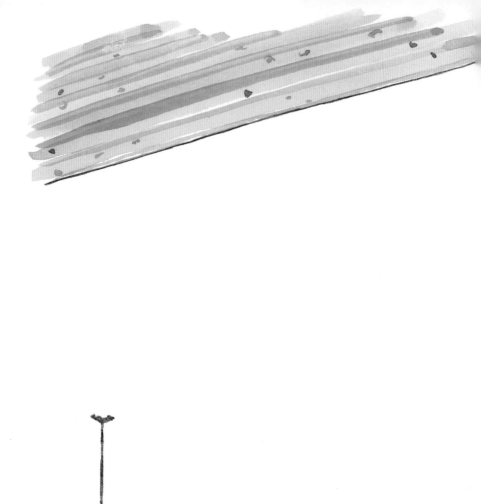

을 앞으로 튀어나오게 디자인해서 높은 칸에 꽂은 책을 찾을 때 밟고 설수 있게 했다. 줄지어 선 책장 사이에는 나무로 된 침대 겸용 소파와 거대한 서재 탁자를 뒀다. 지금도 방문객들은 저드가 질서정연하게 차곡차곡 쌓아둔 책들이 단정하게 무리를 이룬 돌멩이, 다른 자연물과 섞여 있는 모습을 볼 수 있다.

저드가 자기 집 실내 공간에 몰두하게 되면서 직접 가구를 디자인하는 일이 점점 많아졌다. 그는 양쪽 집 모두에서 집기들을 직접 고르거나 디자인했는데, 이때 그것들을 둘러싼 방과의 비례 관계를 기반으로 했다. 전용 의자와 탁자, 스툴과 벤치, 침대를 놓을 나직하고 넓은 플랫폼도 직접 만들었다. 저드는 가구 디자인을 보완적인 창작 표현 형식으로 보았고, 자신의 예술과는 다르지만 그보다 열등하지 않은 것으로 보았다. 가구를 통해 그는 형태와 선에 대한 자신의 감각이 전적으로 다른 매체에서 어떻게 펼쳐지는지 볼 수 있었고, 실내 공간의 규모와 역동적으로 관계를 맺는 가구를 창작할 수 있었다. 저드의 집에 걸어 들어가는 것은 곧 공간적인 관계를 경험하는 일이다.

저드는 종종 규모를 바탕으로 실내 디자인을 결정했다. 열린 평면을 가진 뉴욕 집에서는 부엌에 레스토랑 주방을 위해 제작된 산업용 기기를 갖춰놓았다. 특별히 큰 스토브 위에 놓인 거대한 찻주전자, 스테인리스 스틸 더블 싱크대, 델리에서나 볼 법한 고기 슬라이서 같은 것들이었다. 그는 광범위한 방의 비례에 맞추려고 이런 대형 기기를 선택했다.

두 집의 부엌 모두 문이 달린 수납장보다는 선반과 조리대 위에 접시, 취사도구, 주방기기를 두는 것을 선호했다. 뉴욕에서는 점진적으로 선반 높이가 줄어드는 개방형 찬장을 벽에다 고정했는데, 그의 예술작품에서 많이 본 모티프를 반영한 표현이다. 선반들 사이의 거리는 개념적으로 명쾌한 동시에 거기에 보관하는 접시와 취사도구의 높이와도 비례를 맞추었다. 상판과 가까운 개방형 좁은 선반에는 은 식기가 깔끔하고 꺼내기 쉽게 보관되어 있다.

저드의 가구 디자인은 깔끔한 선과 또렷한 각도를 강조하는 경향이 있지만, 그러면서도 그는 집에 어렴풋한 온기와 질감을 불어넣었다. 작품에 필요한 산업적 마감의 질을 보장하기 위해 자신의 작품은 대부분 제작을 맡겼지만, 그는 장인이 손으로 만든 물건의 가치도 분명히 이해했다. 뉴욕 집의 식사 공간에 있는 나무로 틀을 짠 소파 겸 침대는 털실로 투박하게 짠 스위스제 담요로 덮었고 그 위에 소형 쿠션을 놓았다. 그 근처 부엌에는 안료를 뿌려 무늬를 만든 시칠리아산 도자기 컬렉션을 전시해두었다. 침대 끄트머리에는 아프리카산 퀼트와 담요를 개어놓았다. 마파에서 저드가 겨울을 지내던 침실이 특히 인상적인데, 침대에 나바호 러그가 층층이 쌓여 있다. 그리고 방에는 터키석 장신구 수집품, 아나사지족, 호피족, 마야인, 마리코파족이 만든 도자기, 그리고 아파치족, 나바호족, 타라후마라족, 피마족이 만든 바구니로 장식되어 있다.

뉴욕과 텍사스 서부에 있는 저드의 집은 가족의 거주 공간이자 갤러리, 개념미술 작품이라는 느낌이 동시에 든다.

저드는 자신의 집을 늘 설치작품의 영구적인 전시 장소로 이해했다. 그는 자신이 남겨놓은 그대로 집을 유지해달라고 유언으로 명확하게 요구했고, 자녀들은 아버지의 이 계획을 실현하고자 수십 년 동안 애써왔다. 지금은 두 집 모두 일반에 공개되고 있다. 저드가 그곳에서 창조해낸 공간 경험은 직접 가서 볼 때 참모습을 가장 잘 드러낸다.

Claude Monet
클로드 모네

클로드 모네의 집은 분방하다. 방마다 색채 실험을 하는 듯, 채도가 공간을 어떻게 형성하는지 그 한계를 시험한다.

식사 공간에서는 서로 다른 색조의 노란색이 방에 활기를 불어넣는다. 거의 모든 것이 노란색으로 칠해져 있다. 벽과 붙박이 수납장과 벽난로 선반과 식탁에 둔 살대 등받이 의자도 노란색이다. 심지어 바둑판무늬 타일을 깐 바닥에도 밝은 노란색이 들어 있다.

모네의 집을 보면 우리가 모네를 다르게 이해해야만 할 것 같다. 건초더미, 루앙대성당처럼 빛에 대한 철저한 연구로 완성한 그림들과 비교하면, 모네의 집 식사 공간은 생동감이 넘쳐 놀랍게 느껴질 정도다.

모네의 집에 활력을 불어넣은 건 가족들이었다. 모네는 삶이 크게 변화하던 시기인 1883년에 지베르니로 이사했다. 첫 아내 카미유가 3년 반 전에 사망했는데, 모네에게는 가슴이 찢어지는 상실이었다. 그에게는 어린 자녀가 둘 있었고 카미유가 사망했을 때 막내는 겨우 한 살 반밖에 되지 않았다. 모네는 가족의 친구 알리스 오슈데의 도움을 받았는데, 오슈데 역시 영구 별거로 자신의 결혼생활을 막 끝낸 참이었다. 이후 불안정하게 이어진 몇 년 동안 모네와 알리스의 관계는 깊어졌고, 둘은 곧 삶을 공유하며 로맨틱한 동반자 관계를 오래 이어갔다. 하지만 1892년이 되어서야 둘은 법적인 혼인관계를 맺을 수 있었다. 그동안 그들은 베퇴유에서, 그다음에는 푸아시에서 함께 살았는데 모네는 시각적으로 영감을 주지 않는다며 이곳들을 싫어했다. 좀더 예술적으로 자극을 주는 풍경이 있으면서 가족들에게 더 큰 안정감을 줄 수 있는 적당한 가격대의 집을 찾던 모네는 지베르니에 집을 임차했다. 결국에는 그 부동산을 사들여 거기에 깜짝 놀랄 만한 정원을 만들었고, 그 정원은 향후 수십 년 동안 모네의 예술 작업에서 절대로 빼놓을 수 없는 원천이 되었다.

처음 지베르니로 이사했을 때 모네의 두 아들과 알리스의 여섯 자녀는 나이가 다섯 살에서 열아홉 살까지 다양했다. 혼합 대가족의 특성상 그 집의 생활은 이미 본질적으로 활기가 넘쳤다. 1층을 밝고 채도가 높은 색으로 칠하기로 결정하자 모네는 활기 넘치는 자기 가족에게 딱 맞는 공간을 만들 수 있었다.

모네와 알리스는 생동감을 즐겼던 것 같다. 대가족과 하인 몇 명 말고도, 두 사람은 종종 방문객에게 집을 개방했고 폭넓게 사귄 친구와 동료 예술가를 접대했다. 그중에는 오귀스트 로댕, 폴 세잔, 피에르오귀스트 르누아르, 카미유 피사로도 있었다. 친구들 사이에서 모네의 집은 정원만큼이나 맛있는 음식으로도 명성이 자자했다. 모네는 모험을 마다하지 않고 열정적으로 먹었고 여러 코스에 걸친 호화로운 음식을 대접하기를 즐겼다. 지금 우리가 느끼는 것과 마찬가지로 손님들 역시 모네의 식사 공간이 미적으로 대담하다고 느꼈을 것이다. 상상만 할 수 있을 뿐이지만, 이 공간에 들어선 손님들은 필시 진동하며 밝게 빛나는 색채 속에서 헤엄치는 듯한 기분이 들었을 것이다.

이젤 앞에서 작업하지 않을 때 모네는 풍성한 감각을 끌어안았는데, 아마도 창작의 고통스러운 격렬함에 따른 필연적인 귀결이었을 것이다. 수십 년에 걸쳐 모네는 집 공간 대부분을 직접 다시 디자인했다. 응접실 한 곳은 화려하게 장식된 몰딩을 밝은 청록색으로 칠했다. 다른 방에는 벽에 자신의 그림을 층층이 걸었다. 집 안 곳곳에, 식당 벽과 계단을 따라 올라가는 벽에 일본 판화 수십 점을 걸었다. 화장실에는 에두아르 마네의 석판화들을 걸었다. 작업실로 썼던 바깥채 아래층에는 차고를 지어서 다양한 자동차 컬렉션을 보관해두었다. 모네가 이 차들을 어찌나 빠른 속도로 몰았는지, 이 도시에서 일부 교통 법규가 새로 제정될 정도였다. 차고 옆에는 암실을 짓고 앵무새, 거북이, 공작새 같은 동물을 가둬둔 커다란 우리를 만들었다.

집은 모네가 그림에서 벗어나 있고 싶을 때 필수적인 도피처가 되어주었다. 모네는 실내 공간을 자기 작품의 미학적 아이디어를 발전시키는 데 사용하지는 않았다. 장식품들이 그림에 직접 모습을 드러내는 일은 거의 없었고 집의 색채 배합이나 문양도 마찬가지였다. 그 대신 모네는 미적인 선택들로 해방감을 느꼈음이 틀림없다. 작품에서 벗어나 창작 생활에 신선한 활력을 불러오는 방법이었던 것이다.

나의 이모는 여행을 기록하려고 빨간색 가죽 장정의 수첩을 가지고 다녔는데, 거기에 모네의 집에 관해, 특히 아름다운 부엌을 본 후의 감상을 적어놓았다. 이모가 수첩에 쓴 묘사를 읽고 나서 나는 그 글을 내 수첩에 필사했다. 모네의 부엌에 관한 감각의 자취에 자극받아 나는 모네의 집에 처음으로 관심을 두게 되었다.

부엌은 식사 공간만큼이나 나름대로 매력적이고 모네의 예술에서 엿보이는 미적 어휘에서 벗어나 있다. 대단한 대식가였던 모네는 부엌에 거대한 오븐을 설치했으며 구리 냄비와 팬을 폭넓게 갖춰두었다. 벽은 파란색으로 칠했고, 유기적 형태의 별 모양과 백합 패턴이 그려진 파랗고 흰 타일을 붙였다.

타일은 루앙에서 공급받은 것이었다. 모네는 1890년대에 그곳을 여행하면서 루앙대성당을 담은 방대하고 상징적인 회화작품을 그렸다. 부엌을 루앙 타일로 장식하자 모네의 예술 활동이 그의 집에도 메아리치게 되었다. 타일에는 루앙 타일 제작자들의 장인정신 그리고 모네가 살았던 노르망디 지역의 유기적 형태와 붓질이 깃들어 있는데, 이 덕분에 모네는 훨씬 오래되고 더 광범위한 동시대의 창작 전통과 연결된 기분을 느낄 수 있었을 것이다. 더 나아가 이 타일들은 모네가 예술 여행에서 통렬한 창작적 계시를 느꼈던 강력한 순간과 다시 연결되게 해주었다. 이런 작은 부분들에서, 모네의 집은 실로 그의 생애 그리고 예술가로서의 경험과 밀접하게 이어져 있다. 모네가 겪어온 개인적인 창작의 역사가 바로 이 벽들에서 통합된다.

모네의 집에서 난무하는 색채로부터 도망칠 수 있는 방이 하나 있다. 바로 위층 침실이다. 침대 머리와 발판, 장식장은 부드러운 크림색으로 칠해져 있어서, 아래층 식사 공간의 강렬한 노란색과 극단적으로 다른 색조를 보여준다. 이 방에서는 집의 색채 배합이 변화해 포근하고 편안해진다. 방 전체가 고요하다. 벽은 무채색으로 칠했고, 너른 창밖 너머로 초록빛 나무들이 높이 솟아 있다. 하얀 침대보에 격자 모양으로 수놓인 너무도 섬세한 꽃은 시각적인 패턴이라기보다는 촉각적인 경험으로 인지하게 된다. 많은 아이와 밝은 색채로 생기 넘치는 이 집 한가운데에, 모네는 창작 활동에서 한숨 돌리며 휴식할 수 있는 공간도 만들어두었다.

이런 휴식이 모네에게는 필수적이었다. 그의 그림은 명상적일 수 있지만 그림 제작 과정은 고요함과는 거리가 멀었다. 모네가 회화를 대하는 태도는 치열하기 그지없었고 자신의 기준에 맞지 않는 캔버스는 사정없이 그어버렸다. 작업을 실현할 자신의 잠재력에 절망을 느낄 때마다 마음속에 좌절과 실망이 폭풍우처럼 사납게 몰아쳐도 견뎌냈다. 작업 과정은 햇빛에 좌우되었고, 종종 작업실에서 일하기는 했어도 조건만 허락한다면 야외에서 그림 그리는 것을 선호했다.

그는 해질녘에 잠을 청하고 동틀 무렵에 잠에서 깼다. 햇빛이 비치면 눈꺼풀이 스르르 열렸다. 침실은 자신이 가장 사랑한 예술가들의 작품으로 채웠다. 에드가르 드가, 피사로, 마네, 로댕, 외젠 들라크루아, 르누아르, 그리고 가장 중요한 세잔의 작품이었다. 들리는 바에 따르면, 작업이 난관에 빠질 때면 모네는 때때로 자신이 소장한 세잔의 작품을 천으로 덮어두었다고 한다. 하지만 대부분의 경우에 이런 작품들 사이에서 잠을 자면서 모네는 더 커다란 연속체에 연결된 느낌을 받았고 때로는 고되기만 한 작업을 계속할 힘을 얻었다.

잇따른 상실을 견뎌내던 말년의 모네에게 침실의 부드러운 색채 배합은 위안이 되어주었을 것이다. 1911년 아내 알리스가 세상을 떠나 모네는 두번째로 홀아비가 되었고, 그림을 계속 그리기 힘들다는 것도 알게 됐다. 곧이어 시력을 잃기 시작해 상황이 더 악화되었다. 그리고 나서 1912년에 장남 장이 뇌졸중을 겪었고 몇 해 지나지 않아 사망했다. 이런 상실로 크게 상심한 모네는 고독을 예감하며 뒤숭숭해했다.

그럼에도 불구하고 모네가 43년 넘게 살았던 지베르니는 모네의 대가족에게 변함없는 근거지로 남았다. 모네는 친자식, 의붓자식 모두와 오래도록 가까운 정을 나누었다. 의붓아들 장피에르는 아들 미셸과 의붓딸 마르트와 마찬가지로 근처에 살았다. 특히 모네는 언제나 며느리이자 의붓딸인 블랑슈 오슈데 모네와 돈독한 부녀간의 정을 즐겁게 누렸다. 블랑슈는 알리스의 둘째 딸이자 아들 장의 아내였다. 모네는 말년에 백내장과 다른 건강상의 문제로 점점 더 고생했고, 블랑슈가 지베르니에서 줄곧 모네의 여생을 돌보았다.

생애 마지막 10년 동안 시력을 잃어가는 슬픔과 염려에도 불구하고 모네는 가장 거장답고 감동적이며 몰입감 있는 회화 작업에 착수했다. 수십 년간 집중해 작업했던 정원과 수련 그림으로 다시 한번 돌아갔던

것이다. 말년에 모네는 우리를 수면으로 데려가 연꽃 송이, 연못 그 자체
와 새롭고도 친밀한 관계를 맺기를 청했다. 그가 창조해낸 기념비적인
회화작품군을 직접 보면 그림을 감상한다기보다 마치 그 속에서 헤엄치
는 것처럼 느껴진다.

　지베르니에 있는 모네의 집을 생각할 때면, 그곳에서 색채와 공간에
잠긴 듯한 기분이 들었던 기억이 난다. 그의 집은 미적인 선택이 그저 장
식이 아니라 경험일 수도 있으며 실내 공간을 경험하는 것이 우리가 느
끼는 감정을 형성할 수 있다는 내 통찰과 궤를 같이한다. 모네의 실내는
자신의 예술에 담긴 내용이나 스타일을 채택하진 않았지만, 색채가 주는
효과에 대한 드높은 인식을 공유한다. 예술작품을 걸어놓은 벽과 색을
칠한 벽이 교차하여 포화 상태가 된 이 방들에서 모네는 화가로서 자신
의 참모습을 보여주는 어떤 본질적인 감각을 다시 연결했다. 이와 동시
에 그가 베풀었던 저녁 만찬, 그리고 판화와 그림을 건 벽은 좀더 폭넓은

공동체와 원칙 속에 위치한 그의 자리를 확인해주었다.

인생의 변천 과정에서 모네는 지베르니에서 자기 자신으로 돌아갈 수 있었다. 그림에서 그를 단단히 붙잡아주었던 활기와 목적을 그 집이 반복해서 전달해주었던 것이다. 자신의 집에서, 모네는 예술의 핵심 주제이자 영감이 되어준 정원과 미적 경험의 중심을 잡아준 실내 공간이라는 두 세계 사이를 쉽사리 넘나들었다.

Frida Kahlo & Diego Rivera

프리다 칼로와 디에고 리베라

주말 아침에 멕시코시티에 있는 프리다 칼로의 집을 지나간다면, 언제나 방문객들이 안을 구경하려고 자기 차례를 기다리며 집이 있는 블록 주변 보도를 휘감아 길게 줄 서 있는 광경을 마주치게 될 것이다. 칼로가 사망한 후 수십 년 동안 그녀의 집은 보존되어 박물관으로 개방되었고 집 안의 물건과 실내 장식도 생전 그대로 유지됐다. 이곳은 칼로의 예술을 사랑하거나 집 구경을 즐기는 사람들 혹은 칼로의 인생에 속속들이 배어 있는 강인함과 독특한 아름다움을 동경하는 사람들에게 중요한 순례지가 되었다. 예술이나 집 또는 일대기에 큰 관심은 없지만, 칼로의 집이 특별하다는 것과 그곳을 보면 자신이 변화할 수도 있으리라는 것을 아는 사람들도 이곳을 찾는다.

칼로는 인생 대부분을 이 집에서 살았다. 이 집의 침실 중 한 곳에서 1907년에 태어났고 이후 수십 년 동안 띄엄띄엄 이곳에서 살았으며, 같은 집의 다른 침실에서 1954년에 사망했다. 이 47년이라는 세월 동안 칼로는 예술과 정치 활동에 몰두했고, 독특하고 본능적이며 강렬한 예술적 목소리를 발전시켰다.

칼로의 부모는 그녀가 태어나기 몇 해 전에 멕시코시티 교외에 있는 코요아칸이라는 동네에 가족이 거주할 집을 지었다. 건축사진 전문 작가였던 아버지가 가족을 위해 지은 집에는 그의 심미안이 반영되어 있다. 중앙 안뜰을 향해 놓인 1층짜리 집은 건축적 세부 요소들로 꾸며졌다. 격자로 나지막하게 쌓은 벽돌담이 안뜰을 두르고 있고, 주철로 만든 작은 발코니 쪽으로 열리는 긴 창문과 유리문을 설치했으며, 건물 정면은 회반죽 장식, 뇌문, 처마 돌림띠로 장식했다.

스무 살이 될 때까지 칼로는 두 번의 육체적 외상을 입었다. 여섯 살 때 소아마비에 걸려 몇 달간 침대 신세를 졌고 오른쪽 다리에 영구 손상을 입었다. 열여덟 살 때 칼로는 국립예비학교를 다니며 의학을 공부했는데, 어느 날 집으로 돌아오는 길에 탄 버스가 그만 전차와 충돌하고 말았다. 이 사고로 크게 다친 칼로는 남은 평생 동안 쇠약해져가는 육체로 고생했다. 척추 수술을 받아야 했고, 척추를 지탱해줄 의료 장비가 꼭 필요했으며, 자녀를 낳을 수 없었고, 끔찍한 고통에 시달렸다.

퇴원 후에 칼로는 또다시 부모님 집에서 몇 달간 침대 신세를 졌다. 이 기간에 칼로는 그림을 그렸다. 침대에 누운 채로 그림을 그릴 수 있는 특별한 이젤을 고안했는데, 이후 수많은 입원과 회복을 반복하는 동안 그림을 그릴 때 의존했던 획기적인 발명이었다. 이후에 이어진 몇 년간 칼로가 집이나 그림과 맺은 관계는 이런 육체적 고통과 요양의 경험으로 형성되었다.

수년 동안 칼로는 코요아칸 집을 남편이자 동료 예술가인 디에고 리베라와 함께 썼다. 칼로와 리베라는 둘이서 새로운 거주 공간을 더하고, 외관의 개념을 다시 구축하고, 정원을 확장하고 분수를 만들어서 집을 획기적으로 변화시켰다. 두 사람은 벽과 선반을 텍스타일과 도자기, 민속미술과 장인의 공예품으로 채웠고 식물과 새소리에 둘러싸여 살았다. 언젠가 이들은 집의 외부를 밝은 코발트블루로 칠했는데, 이후 집은 '카사 아술'(푸른 집이라는 뜻)이라는 별명으로 불렸다. 집을 계속 개조하고 장식하면서 칼로는 자신의 진화하는 미적 관심사를 집에 반영하도록 끊임없이 다시 상상해볼 수 있었다.

칼로와 리베라는 자신들의 결혼 형태도 이처럼 규정하고 또 규정했다. 아무리 불완전하더라도 이들은 각자의 강한 정체성과 예술가이자 동반자로서 두 사람 사이에 오래 지속된 사랑, 상호 의존 사이에서 균형을 맞추려고 한 것이다. 삶을 공유한 것만큼이나 두 사람은 각자 독립적인 삶을 살았고 독립적인 공간도 가졌다. 칼로에게는 가족이 살던 집이 있었고 리베라에게는 산앙헬에 직접 주문해 지은 홈 스튜디오가 있었다. 두 사람은 칼로의 집이나 리베라의 집에서 함께 살다 헤어지기를 반복했지만, 두 집은 두 예술가만큼이나 별개의 것이라는 느낌이 든다.

칼로와 리베라는 1929년에 결혼했다. 칼로가 스물두 살, 리베라가 마흔두 살 때였다. 이런 나이 차에도 불구하고 결혼했을 때쯤 두 사람은 모두 자신들의 작업을 구체화할 핵심적인 영향과 인생 경험을 이미 상당히 발견한 터였다. 방식이 다르긴 하지만 이는 두 사람의 집과 거주 공간의 형태 역시 구체화했다.

결혼생활 초기에 칼로와 리베라는 다양한 장소에서 살았는데 그중 어느 곳도 칼로에게 명확한 소속감이나 집이라는 느낌을 주지 못했던 것 같다. 결혼 직후 칼로는 멕시코시티의 파세오데라레포르마에 있는 리베라의 집으로 이사했다. 이곳 2층에는 리베라의 전처 루페가 살았으니 칼로에게 마련된 거주지로서 이상적이라고 보기는 힘들었다. 그런 다음 1931년과 1933년 사이에 칼로와 리베라는 샌프란시스코, 뉴욕, 디트로이트 등지에 임시 거처를 마련해 살다가 다시 멕시코시티로 돌아왔다.

이 기간 내내 코요아칸에 있는 가족의 집은 칼로의 인생에 변함없이 남아 있었다. 결혼 후에 리베라가 집 대출금을 갚아주겠다며 돕고 나섰다. 멕시코혁명의 영향으로 경제적 부담에 시달리던 칼로의 부모에게는 다행한 일이었다. 집은 1930년에 프리다 칼로의 소유로 명의를 이전했지만 부모님은 계속 그 집에서 살았고 칼로도 몇 년 후까지 그 집으로 돌아가지 않았다.

리베라는 칼로와 결혼한 무렵에 이미 유명한 벽화 예술가였다. 국립예비학교, 교육부, 멕시코시티예술궁전을 포함해 세간의 이목을 끈 공공 벽화 수주도 여럿 받아둔 터였다. 리베라의 벽화는 혁명 후 새로운 멕시코인의 정체성을 분명하게 서사화했다. 리베라는 20대와 30대 시기에 유럽(주로 파리)에서 살았고, 1921년 멕시코로 돌아오기 직전에 이탈리아로 프레스코화를 보러 갔다. 벽화 작업을 통해 리베라는 오래된 형식에 새로운 정치적 에너지를 불어넣었다. 그는 예술계의 명작을 (개인 수집품보다는) 공공 영역에 위치시키는 수단으로서 벽화를 이해했다. 리베라가 벽화에 자주 담았던 것도 일반 시민의 이야기였다. 유럽 전통에 영감을 받기는 했지만 벽화라는 형식을 수용함으로써 리베라는 오랫동안 멕시코의 문화 정체성에, 그리고 건축과 장식 유산에 침투해 있던 유럽의 서사와 미학을 거부할 수 있었다. 공공장소의 벽에 벽화를 그리면서 리베라는 실내 공간에 중첩되어 공간을 다시 규정하는, 그림으로 그려진 제2의 건축을 창작해냈다.

리베라는 오래전부터 미술과 건축의 상호 작용을 이해했다. 한 벽화에서는 조각가와 화가가 등장하는 장면에서 자신을 건축가로 그렸다. 이렇게 분류한 것으로 보아, 리베라는 이 세 가지 예술 형식의 연관관계를 보았던 것 같다. 그리고 노골적으로 자신을 건축가로 그림으로써 이 분야에 깊은 호감을 품었음을 드러냈다.

시간이 흐르면서 리베라는 점점 더 건축 프로젝트에 끌렸다. 건축가 후안 오고르만을 만나 그가 얼마 전에 지은 집을 보고 나서, 리베라는 자신의 예술적, 정치적 가치와 모두 일치하는 뚜렷하게 현대적인 미학에 사로잡혔다. 리베라는 오고르만에게 멕시코시티의 산앙헬 동네에 자신과 칼로가 살 집으로 서로 인접한 건물 두 채를 지어달라고 부탁했다. 오고르만은 장식성보다는 실용성과 비용상의 효율을 우선시했다. 콘크리트 기둥 위에 올린 리베라의 집은 곡선을 이루며 올라가는 계단과 널찍한 2층 작업실을 갖췄는데, 작업실은 대규모 회화도 충분히 작업할 만큼

층고가 높았다. 북쪽 면으로는 거대한 창문이 줄지어 나 있어서 1년 내
내 온종일 빛이 꾸준하게 들어왔다. 이와 대조적으로 침실은 무척 작아
서 좁은 침대와 초록색 수납장 몇 개만 겨우 들어갈 정도였다. 낮은 천장
은 질감을 살린 주황색 사각형으로 격자무늬를 냈고, 벽을 따라 높이 낸
폭이 좁은 수평 창문으로 자연광이 투과되어 들어왔다. 오고르만은 집
을 저렴한 산업 자재로 지었다. 계단은 콘크리트로 만들었고 계단 난간
은 강철 파이프를 사용했으며, 배관과 전기 배선은 노출되어 있다. 외관
은 여백이 많고 실용적으로 보였는데, 건물이 완성되었을 때 리베라의
산앙헬 이웃들은 충격과 분노를 표했다. 주민들의 집은 한결같이 고전적
인 스타일이었던 것이다. 하지만 리베라는 집을 정치적 장소로 이해했
다. 리베라와 오고르만은 둘 다 리베라의 집이 멕시코 인민을 위한 저비

용 주택과 학교 건축의 전신이
되어야 한다고 믿었다. 이때 그
의 집은 사회적 가능성의 살아
있는 선언이었던 것이다.

무엇보다 기능을 우선시한
그 집은 새로운 급진적 미학을
드러내는 장소이기도 했다. 실
내에는 조밀한 공간과 확 트인
공간이 번갈아 나타났고, 외부
는 그 형식적 단순성과 일관성
면에서 조각에 가까웠다.

자신이 그린 회화 대부분과 마찬가지로 그는 이 집에서도 유럽의 장식
전통과 구별되는 멕시코의 정체성을 또렷이 표현하고자 했다. 리베라와
오고르만은 멕시코의 좀더 시골스러운 지역에서 흔히 볼 수 있는 것처
럼 건물 대지에 오르간파이프선인장으로 울타리를 둘렀고 스페인 정복
이전 예술 전통의 색채 배합을 연상시키는 밝은 빨강과 파랑으로 외벽을
칠했다.

리베라는 산앙헬에 집을 두 채 지어달라고 주문했다. 하나(커다란 빨
간색 건물)는 자신을 위한 집이었고 다른 하나(작은 파란색 건물)는 칼
로를 위한 집이었는데, 두 건물은 지붕에 놓은 가느다란 다리로 연결되

었다. 각 건물은 작업실 하나와 침실 여러 개와 생활공간을 포함하고 있다. 리베라는 건물이 두 채면 자신과 칼로가 예술가로서의 삶과 개인의 삶에서 자율성을 가지면서 동시에 가정적인 친밀함도 누릴 수 있으리라 믿었다.

이런 방식은 리베라에게 더 잘 맞았다. 칼로는 건축 구조 때문에 생긴 자신과 남편 사이의 거리감이 마음에 들지 않았다. 게다가 물리적 공간 자체도 칼로의 형편에 맞지 않았다. 칼로는 요리하는 걸 좋아했지만 부엌이 좁아서 음식을 조리할 만한 공간이 충분하지 못했고, 집에 계단이 많아서 이동하기가 고통스러웠다. 칼로는 이곳을 결코 집으로 느끼지 못했다.

이 기간에 칼로와 리베라는 서로 부정을 저질러 특히 괴로운 시기를 지나고 있었다. 두 예술가 모두 결혼생활 내내 다른 상대와 성적 관계를 맺었고, 성적 자유와 서로에 대한 오랜 헌신 사이에서 오락가락했다. 이런 균형은 때로는 위태로웠다. 특히 리베라는 상당수의 섹스 파트너를 쫓아다녔고, 칼로와 가장 가까운 자매와도 불륜을 오래도록 지속했다. 이때 칼로는 일시적으로 산앙헬의 집을 나가 한동안 여행을 다니면서 따로 아파트를 구해 살기도 했다.

그러는 동안 1930년대 후반에 칼로의 부모님이 코요아칸의 집에서 살지 않게 되자 칼로와 리베라는 망명한 공산당 지도자 레온 트로츠키와 그의 아내에게 그 집을 빌려주겠다고 제안했다. 이 제안으로 인해 집을 개조하고 다시 구상하는 기나긴 과정이 시작되었다. 트로츠키 부부가 이 집으로 들어오기에 앞서, 그들은 당시 끊임없이 생명의 위협을 느끼고 있던 트로츠키가 이곳에서 더욱 편안하고 안전하게 지낼 수 있게 만들려고 했다. 트로츠키를 더 잘 보호하기 위해 칼로와 리베라는 집의 주철 발코니를 없애고 창문을 막았으며 인접한 큰 땅을 사들였다. 나중에 이 땅은 정원으로 바뀌었다. 두 사람은 개조 과정을 집의 미적 특성을 바꾸는 기회로 삼았다. 회반죽으로 장식된 외부 디자인 요소를 가린 후 파란색으로 칠한 덕분에 이 집은 '카사아술'이라는 별명으로 불리게 되었다.

1939년쯤 트로츠키 부부가 근처의 다른 집으로 거처를 옮기면서 칼로가 카사아술로 다시 들어왔다. 그해에 칼로와 리베라는 이혼했다가 1940년 말에 재결합했다. 그후로 칼로는 남편이 카사아술로 와서 자신과 함께 살 수 있게 조처했다. 남편의 이사를 준비하면서 칼로는 평면도를 스케치하고 공간마다 참조할 사항을 손으로 적어놓았다. 각 공간에 얽힌 가족의 역사, 그곳에서 리베라와 이끌어갈 앞으로의 삶에 대한 내용이었다. 평면도는 재미있고 또 다정해서 칼로가 그곳에서 남편과 함께 살아갈 방식을 어떻게 다시 그려보았는지 보여준다.

리베라는 산앙헬의 홈 스튜디오에서 계속 그림을 그렸지만(때로는 그곳에서 밤을 보내기도 했다), 칼로의 여생 동안 카사아술은 부부의 주요 거주지가 되었다.

두 사람은 함께 시간을 들여 집을 개조하고 확장하고 다시 장식했다.

리베라는 정원을 더 크게 확장하려고 추가로 땅을 매입했다. 1940년대 초에서 중반 사이에 두 사람은 다시 오고르만에게 증축을 의뢰했다. 칼로의 새 침실과 작업실을 마련하기 위해 2층을 덧붙였고 정원에는 피라미드, 사원, 분수 같은 야외 구조물을 여러 개 지었다. 정원에는 두 사람이 모은 스페인 정복 이전 시대의 방대한 조각품을 전시할 수 있었다.

집을 장식하면서 칼로는 멕시코 전통문화의 색채와 미학에서 종종 영감을 얻었다. 혁명 후 멕시코의 많은 사람이 그랬듯이, 칼로와 리베라도 토착 문화를 국가 정체성의 버팀목이 되어줄 강력한 원천이라고 보았다. 두 사람 모두 멕시코 미술과 공예품을 수집했고 칼로는 자신의 옷가지에 전통 의상과 텍스타일을 결합했다. 집의 색채는 이러한 텍스타일의 따뜻한 패턴과 공명한다. 멕시코의 전통적인 장인 문화는 가족과 나라의 유산이라는 양쪽 측면에서 칼로와 오래 연결되어 있었고, 창작 활동의 시금석으로서 중심 역할을 했다.

하지만 칼로는 카사아술을 멕시코 전통 가옥의 복제품으로 변형시키려고 하지는 않았다. 전통 미학의 요소는 전적으로 칼로 자신의 해석에 따라 적용됐다.

카사아술에서는 칼로가 그 장소에 대해 오래도록 깊이 품어온 유대감이 느껴진다. 그렇다 하더라도 칼로는 자신의 집을 가족이나 나라의 역사를 보존하는 용도로 쓰지 않았다. 카사아술은 가족, 추억, 칼로가 남긴 유산의 미학적 접점과의 유대감을 새롭게 하고 지속해나갈 수 있게 해줬

다. 또 그곳은 자신만의 목소리를 표현하는 법을 변화시키고 재창안하는 장소이기도 했다.

외벽은 밝은 색채로 칠했지만 실내 벽은 대부분 무채색으로 두어서, 칼로와 리베라는 동시대 민속미술과 함께 토착미술 수집품과 고고학적 유물을 진열해놓을 수 있었다. 벽난로 선반 옆에는 부활절을 기념하기 위해 전통적으로 만들었던 커다란 파피에 마셰papier-mâché, 펄프에 아교를 섞어 만든 종이 재질 유다상을 걸었고, 집 안 곳곳에는 칼로가 파피에 마셰로 된 망자의 날 해골들을 걸어두었다. 두 사람은 벽 전체를 수백 점의 레타블로로 뒤덮었다. 레타블로란 보통 가톨릭교회에서 감사의 표시로 신에게 바치는, 작은 금속 패널 위에 그린 멕시코 제단화 형식의 그림이다. 칼로는 지역 시장에서 작품을 보고 특히 탄복했던 몇몇 민속미술 작가들과 친하게 지냈다.

이 시기 몇 해 동안 칼로는 소아마비와 버스 사고의 오랜 영향에 시달린 결과 육체적 고통이 점점 심각해졌고, 자주 병원에 입원하거나 침대에서 꼼짝 못하는 처지가 되었다. 척추 수술을 여러 번 받았으며 생애 말년에 가까웠을 무렵에는 오른쪽 다리를 무릎 아래에서 절단하기도 했다. 칼로와 리베라는 다시 한번 집에 변화를 줘서 칼로가 2층 침실과 작업실에 접근할 수 있도록 경사로를 더했다.

건강이 악화되면서 집은 칼로에게 창작적 자극과 참여의 원천으로서 더욱 중요해졌다. 칼로의 예술, 색채, 고고학적 유물 전부가 그녀를 회화 작업의 핵심적인 창작 원천과 연결해주었다. 또 자화상을 자주 그렸던 칼로는 집 안 곳곳 전략적인 위치에 거울을 걸었다. 하나는 침대 위쪽에 걸어놓아 자리에서 일어나지 못할 때에도 그림을 그릴 수 있었다.

육체적 고통에도 불구하고 칼로가 집과 맺은 관계는 기쁨으로 가득하다. 다시 색칠한 벽들은 공간을 밝은 에너지와 색채로, 또 포근하고 너울너울한 온기로 채워주었다. 집에는 종종 활기가 넘쳤다. 칼로는 거미원숭이, 앵무새, 사랑하는 개들, 거북이, 새끼 사슴을 포함해 수많은 동물을 키웠다. 또 집에 손님들을 불러 대접하기를 좋아했다.

노란 바닥에 탁자를 둔 부엌은 특히 개인적인 공간이라서 마음을 끈다. 칼로는 벽 아래쪽을 밝은 파란색으로, 조각된 탁자 다리 둘레는 빨간색과 초록색 줄무늬로 칠했다. 한쪽 벽에는 파란색과 노란색 탈라베라 타일을 붙여 넓고 넉넉한 굴뚝 모양을 만들었다. 그 옆으로는 좀더 작은 타일로 자신과 리베라의 이름을 붙이고는 부드럽게 소용돌이치는 무늬로 감쌌다. 창문 위 벽에는 비둘기 두 마리가 늘어뜨린 천을 물고 있는 모양으로 타일을 붙여 장식했다. 칼로는 부엌용품 대부분을 그대로 노출했다. 나무 숟가락은 벽에 걸고 부엌 곳곳의 개방형 선반에 방대한 채색 도자기 수집품을 진열했다.

파란색과 노란색을 많이 쓴 식사 공간에는 가면과 민속회화를 걸어서 장식했다. 칼로는 손님들을 위해 식탁을 차리기를 좋아했다. 식탁에는 멕시코 전역에서 모은, 손으로 짜거나 수를 놓은 식탁보를 깔고 그 위에

과일과 꽃과 도자기를 놓아 장식했다.

칼로는 일상적인 것에서 아름다움을 잘 포착해냈고 집에서 창조성과 장난기를 모두 경험할 수 있게 아울렀다. 선인장, 난초, 칠기 상자로 풍성하게 장식해둔 곳에는 전 세계에서 가져온 장난감과 인형 수집품을 함께 진열했다. 친구들에게 여행 기념품으로 가져와달라고 부탁한 것들이었다. 칼로의 이런 가벼운 행동에는 암울한 유머가 가미되어 있는데, 이는 침대 위쪽 캐노피에 단 해골 모양 장식을 포함해 그녀가 집 곳곳에 걸어둔 망자의 날 해골들에서도 엿보인다. 칼로는 친구에게 이렇게 말하기도 했다. "난 죽음을 아주 자주, 너무 많이 생각해."

칼로는 죽음, 상실, 고통, 전통, 문화적 표현, 오랜 시간에 걸쳐 정체성에 가해진 복잡한 술책을 작업에 담고자 지속적이고도 본능적으로 분투했다.

칼로의 집은 그림들과 별개로 뚜렷한 하나의 예술작품처럼 느껴진다. 집은 그 자체의 형태와 형식, 색과 선의 어휘, 그 자체의 미적인 몰두와 관심사를 가지고 있다. 집은 칼로의 예술을 연출하는 바탕이나 스케치, 배경으로서가 아니라 그 자체의 목적에 부응한다.

그 안에서 칼로는 독창적인 표현이라는 목적을 위해 다른 매체로 창조성을 탐구했다. 카사아술에서 칼로는 3차원 공간을 그린 것이다.

1954년에 칼로가 세상을 떠나자 카사아술의 문화적, 예술적 중요성을 깨달은 리베라는 즉시 집을 보존하는 절차를 밟았다. 리베라는 산앙헬에 있는 자신의 집으로 돌아갔고 남은 생을 자신이 모은 스페인 정복기 이전의 예술품을 보관하고 전시할 건축물을 만드는 데 바쳤다. 그는 자신의 유산에 있어 핵심적인 요소로서 사원과도 같은 박물관을 구상했다.

리베라가 소유한 산앙헬의 자택은 우여곡절을 겪었다. 리베라가 세상을 떠난 후 수십 년 동안 (전처와의 사이에서 낳은) 리베라의 딸들이 그곳에 살면서 산앙헬의 쌍둥이 집을 개조했고, 나중에서야 보존 운동가들이 그 집을 원래 건축된 모습대로 복원했다.

이제 멕시코시티에 방문하는 사람들은 산앙헬에 있는 리베라의 집과 코요아칸에 있는 칼로의 카사아술에 모두 들어가볼 수 있다. 지금도 우리는 두 예술가가 각자의 집에 불어넣은 뚜렷한 미적 가치, 두 사람이 공간과 맺은 명확하고 독창적인 관계를 느낄 수 있다.

Lee Krasner & Jackson Pollock

리 크래스너와 잭슨 폴록

어느 늦가을 햇살 좋은 오후에 나는 잭슨 폴록과 리 크래스너의 집을 방문하려고 롱아일랜드의 동쪽 끄트머리로 차를 몰고 갔다. 두 사람의 집은 사진으로는 도저히 담을 수 없는 그런 곳 중의 하나다. 크래스너는 지역의 유품 정리 판매장에서 목제 고가구를 찾아 꼼꼼히 살펴보는 것을 좋아했다. 사진에 담긴 집의 실내는 실제보다 더 어둡고 무거워 보이기 쉽다. 직접 보면 그들의 집은 햇빛이 넘실대고 통풍이 잘되며, 예상했던 것보다 더 평온하다. 집 전체가 안락하게 살 만하다는 느낌을 준다.

크래스너와 폴록은 둘 다 높이 평가되는 추상표현주의 예술가로, 지금도 그 분야의 선구자로 인정받는다. 두 사람은 1941년 뉴욕에서 만나 금세 사귀기 시작했다. 그때쯤에는 두 사람 모두 전업 예술가로서 그리니치빌리지에 산 지 오래된 터였다. 크래스너는 뉴욕 토박이였고, 폴록은 주로 캘리포니아에서 성장기를 보낸 후 1930년부터 뉴욕에서 살고 있었다. 1945년 가을, 결혼 후 얼마 지나지 않아 폴록과 크래스너는 뉴욕 햄프턴스에 있는 작은 마을인 스프링스로 이사했다.

크래스너는 조용한 장소에서 살고 싶어 했는데, 알코올 의존증 때문에

개인적으로나 예술적으로 안녕하지 못하던 폴록의 회복에 도움이 되지 않을까 해서였다. 한동안 어느 정도까지는, 크래스너가 옳았다. 둘이서 함께한 삶에서 가장 행복하고 가장 조화로우며 가장 생산적인 시기가 스프링스로 이사하고 나서 시작되었다.

도착하고 보니 아카보낙 계곡을 굽어보는 그 집은 전망이 아름다웠지만 실내 배관이나 난방 시설이 설치되어 있지 않았고 손볼 곳이 한두 군데가 아니었다. 폴록과 크래스너는 함께 집을 개조하는 일에 몰두하며 가정생활의 리듬을 경험하는 데 빠져들었다.

두 사람은 공간을 다시 구상했다. 벽을 허물고 벽지를 벗겨내고 바닥을 교체하고 칠했으며, 욕실과 난방 시스템을 더했다. 헛간은 작업실로 변모시켰고 마당을 가로지르는 방향으로 위치를 옮겼는데 그래야 강 풍경을 더 분명히 볼 수 있기 때문이었다. 두 사람은 그때그때 구하거나 찾아낸 보급품을 써서 대부분 직접, 임기응변으로 개조 작업을 했다. 한번은 디자이너이자 예술가인 폴록의 형이 폐기된 정사각형 메이소나이트 보드(파이버보드의 일종으로 펄프를 원료로 하는 건축 자재)를 수백 장 줬다. 형이 디자인한 야구 보드게임을 만들고 남은 것이었다. 폴록은 이 보드를 위층 침실의 바닥 타일로 사용했다(오늘날이라면 '업사이클링'이라고 부를 법하다). 지금도 바닥에는 폴록이 손수 설치한 흔적이 남아 있다. 보드는 각각 구부린 철사로 고정되어 있고 바닥 전체는 밝은 흰색으로 칠해져 있다.

크래스너와 폴록은 벽과 원래 단단한 목재로 된 식사 공간의 바닥 등

집 대부분을 똑같이 산뜻한 흰색으로 다시 칠했다. 식사 공간은 집 중앙을 가로질러 전체 폭만큼 차지하고 있고 식탁은 한쪽에 붙여두었다. 벽은 널찍하고 공간이 넉넉해서 두 사람의 작품을 걸어놓을 수 있었다.

여백을 남겨둔 현대적 감각이 돋보이는 이 집의 하얀 벽은 두 사람의 작품을 전시하듯 잘 보여주었고, 이들은 그림에 둘러싸여 살면서 그림을 숙고해볼 수 있었다. 이러한 디자인 접근법은 부부가 스프링스에서 꾸려낸 삶의 중심 가치에 관해 큰소리로 말하고 있다. 이들의 집은 작업하고, 그림과 더불어 살고, 낭만적 동반자이자 예술적 동지로서 두 사람이 나란히 살아가는 장소였다.

스프링스에서 지내는 동안 두 사람은 가구 위치를 자주 바꿨다. 그들의 사진을 살펴보면 똑같은 의자가 집 여기저기로 옮겨진 것을 알 수 있다. 부엌 테이블에 있던 의자는 결국에는 헛간 작업실로 옮겨졌고, 닳고 물감이 흩뿌려진 채 여전히 그곳에 놓인 모습을 오늘날에도 발견할 수 있다. 각자 그림을 그릴 별개의 작업 공간을 갖고 있었지만 폴록과 크래스너의 집에서 예술과 삶은 밀접히 얽혀 있었다.

뉴욕에서 소유했던 가구 중에서 롱아일랜드로 가져온 것은 한두 개에 불과했다. 초기에는 친구들이 쓰던 가구 몇 점을 물려받았는데 그중에 기다란 스페인산 앤티크 탁자가 있었다. 처음에는 보조 탁자로 식사 공간에 두었지만 곧 부엌으로 자리를 옮겼다. 탁자 위에 대리석 판 두 장을 올려놓고 아일랜드 탁자로 활용했는데 베이킹을 좋아했던 폴록이 파이

크러스트를 밀고 빵 반죽을 주무르거나 케이크를 만드는 용도로 썼다.

하지만 스프링스에서 두 사람의 삶은 이후에 이어진 몇 해 동안 무너져내렸다. 폴록은 1950년에 다시 술을 마시기 시작했고 이 일은 크래스너와의 관계를 영영 바꿔놓았다. 크래스너는 계속해서 폴록과 그의 화가로서의 경력을 지지하고 옹호했으나 두 사람이 함께하는 삶은 갈등과 긴장으로 점철되었다. 술에 취하면 폴록은 모질게 굴었고 때로는 고통스러운 언사와 행동을 일삼았다.

그러다 1956년 8월에 폴록이 근처 도로에서 차 사고를 냈다. 그보다 몇 달 전에는 루스 클리그먼이라는 젊은 여성과 불륜관계를 시작한 터였다. 크래스너가 집을 비운 동안에는 함께 지내자며 클리그먼을 집으로 초대하기도 했다. 어느 여름날 저녁, 폴록은 온종일 술을 마신 후에 클리그먼과 그녀의 친구 이디스 메츠거를 태우고 주말 동안 셋이서 머무를 요량으로 집으로 차를 몰았다. 도중에 폴록은 파이어하우스로드의 급격한 커브 길에서 차를 몰다가 사고를 냈고, 이로 인해 클리그먼은 크게 다치고 메츠거와 폴록은 사망했다. 폴록은 자신과 크래스너의 집에서 겨우 몇 분 떨어진 도로에서 생을 마감했다.

그후, 스프링스의 집은 너무도 아픈 기억이어서 크래스너는 그곳에서 지내기 힘들어했다. 폴록이 죽은 직후 몇 달 동안 크래스너는 뉴욕에서 친구와 지냈다. 이후에는 시간을 쪼개어 쓰는 방안을 생각해내, 뉴욕에 아파트 한 채를 사들여 1년 중 일부는 그곳에서 지내고 나머지 기간은 스

프링스에서 머물렀다.

남은 평생 크래스너는 스프링스 집에서 홀로 잠드는 것을 무척 힘겨워했다. 도움이 될까 하는 마음에 크래스너는 친구들을 집으로 초대했고, 조카를 불러 장기간 머무르게 했으며, 그 땅에 있는 작은 별채에 젊은 부부를 살게 하기도 했다. 모든 노력이 실패하자 한 이웃이 10대 딸을 보내어 함께 살게 하면서 크래스너는 혼자 지내지 않아도 되었다. 폴록이 죽은 후 그 집에서 크래스너는 몇십 년을 더 살면서 오랜 시간에 걸쳐 슬픔과 트라우마를 톡톡히 치러낸 복잡한 후일담을 남겼다.

그럼에도, 스프링스에서 보낸 크래스너의 삶은 슬픔으로 기억되는 만큼이나 계속 살아가는 사람의 이야기이기도 하다.

폴록이 세상을 떠난 여름 이후에 크래스너는 그가 그림을 그렸던 헛간에서 나와 작업실을 옮겼다. 이는 연결과 복원이라는 두 가지 층위를 모두 지닌 제스처였다. 침실도 위층 복도 뒤쪽에 있는 볕이 잘 드는 방으로 옮기고 자기가 수집한 조개껍데기로 선반을 채웠다.

유품을 판매해 처분하는 집에서 구한 작은 물건, 해안으로 밀려온 것들을 뒤져서 찾은 것, 조개껍데기, 선물, 고쳐서 만든 가구 등, 크래스너에게는 물건을 찾아내는 재주가 있었다. 크래스너가 그곳에서 혼자 지낸 수십 년이라는 세월 동안 집은 변화해갔다. 완전히 뒤바꾼 것은 아니었지만 점진적인 방식으로 물건을 이리저리 옮기고 재배치하면서 집은 시간을 두고 자리를 잡아갔다. 폴록이 살아 있을 때 폴록과 크래스너가 함께 살면서 늘 즉흥적으로 변통하고 공간을 실험했던 방식 그대로, 마치 변화가 계속 이어진 것처럼 느껴진다.

크래스너는 장수했고, 그녀의 예술에서는 새로운 깊이를 지닌 힘과 서정성이 드러났다. 크래스너는 자신의 경력과 폴록의 사후 경력까지 두 가지를 관리하는 고되고도 시간이 많이 드는 일에 책임을 다하면서도 창작 활동을 병행할 에너지를 어떻게든 찾아냈다. 위층의 작은 사무 공간과 예전에 크래스너가 작업실로 쓰던 손님방에 보관된 파일 선반에서 그녀가 짊어졌던 행정적 임무의 흔적을 아직도 엿볼 수 있다.

크래스너는 거실에 앉아 오후 시간을 보내곤 했다. 안락의자 가까이 작은 협탁을 끌어다놓고 거기에 전화기를 두고서 사업상, 사교상의 연락을 수없이 돌렸다. 크래스너를 생각할 때면 그 전화기가 떠오르곤 한다. 그녀를 미술계와 연결해주고, 삶의 경험에서 핵심을 차지한 친구들과의 인연을 이어주던 전화기 말이다. 그 전화선은 크래스너 자신에게 필수적이었던 많은 것들과 그녀를 묶어주었다.

안락의자 가까이, 책장으로 둘러싼 거실 출입구에 막대기처럼 서 있는 폭이 좁은 기둥에다 크래스너는 파란색과 흰색 자기 재질로 된 작은 성냥갑을 고정해두고 담뱃불을 붙이는 데 썼다. 자신과 폴록의 책과 레코드판에 둘러싸여 담배를 피우며 전화를 걸곤 했던 것이다. 그 집의 평온한 고요를 채우는 크래스너의 목소리가 들리는 것만 같다.

스프링스의 집을 나설 때 제일 마지막에 눈에 들어오는 가구는 연철로 만든 흰색 정원용 벤치로, 크래스너와 폴록이 뉴욕에서 가져온 얼마 안 되는 물건 가운데 하나다. 크래스너는 이 벤치를 오랫동안 갖고 있었다. 폴록을 만나기 한참 전에 뉴욕 그리니치빌리지 아파트 이곳저곳을 전전할 때에도 가지고 다닌 물건이었다. 이 벤치는 이제 두 사람이 그림을 그렸던 헛간 작업실을 바라보며 스프링스 집 뒤편 포치에 놓여 있다.

폴록이 죽은 여름 이후에 그 작업실에서 그림을 그리는 크래스너를 생각할 때면 서정적인 춤이 떠오른다. 크래스너의 그림은 삶의 너무나 많은 부분을 담고 있다. 우리가 만들어내는 이분법이 대체로 그렇듯이, 슬픔과 기쁨은 그리 멀리 떨어져 있지 않다. 스프링스에서 보낸 세월 동안 크래스너는 물건을 옮겨 모습을 바꿀 수 있는 집처럼, 삶의 여러 단계를 지나면서 집이 우리를 담아내는 방식처럼, 썰물이 되어 물이 빠져나가는 것처럼, 부드럽게 살아가는 방식을 보여주었다.

Paula Modersohn-Becker

파울라 모더존베커

춥고 바람이 거세게 불던 뉴욕의 어느 오후에, 나는 서점에 들러 탁자에서 책 한 권을 무심코 골라 책장을 휘리릭 넘기며 아무 데나 펼쳐보고 있었다. 그러다 파울라 모더존베커와 그녀가 파리에서 한동안 살았던 아파트에 대한 글을 읽게 되었다.

그날 이후, 케이트와 나는 둘 다 모더존베커의 그림들, 그녀가 살았던 집들, 인생 이야기에 완전히 마음을 빼앗겼다. 그녀는 평생에 걸쳐 왕성하게 글을 쓰고 그림을 그렸다. 그녀가 줄기차게 쓴 생생한 서신과 일기에는 미묘한 통찰력으로 자신의 창작 여정이 자세히 묘사되어 있다. 그림을 그려야겠다는 소명은 1800년대 후반, 즉 그녀가 10대 후반에서 20대 초반이었을 시기에 발견했다. 자신의 선택이 너무 거창하고 대담하게 여겨지던 그 시대에 예술을 향한 사랑을 추구할 방법을 찾아낸 것이다.

모더존베커는 독일에서 나고 자랐다. 스물두 살 때는 동시대 미술 공동체의 중심지에서 살고자 홀로 니더작센주의 예술인 마을 보르프스베데로 이사했다. 그런 다음 1900년에 한 번 더 이주했는데, 이번에는 파리였다. 유럽 최고의 미술 학교에서 그림을 그리고 공부하기 위해서였다.

남은 평생 동안 모더존베커는 보르프스베데와 파리라는 양극 사이를 왔다 갔다 하며 이끌렸다. 두 곳에 각각 강한 애착을 품었던 순간이 있었지만, 나이를 먹어가면서 그녀가 예술적으로 성장하자 파리가 점점 더 중요하고 절실해졌다.

모더존베커는 보르프스베데에 있던 집과 파리에서 띄엄띄엄 살았던 일련의 아파트를 비롯해 자신이 거쳐온 모든 곳을 독특한 미적 경험으로 끌어안았다.

그녀는 파리에서 살았던 아파트를 저마다 생동감 넘치게, 또 주의를 기울여 세세히 묘사했다. 1900년에 파리에 처음 살게 되었을 때 그녀는 잠시 하숙집에 머물다가 더 마음에 드는 아파트를 찾아냈다. 학생의 형편에 맞게 가구는 단출하게 들였다. 그녀는 저렴하고 보헤미안적인 절충주의 스타일을 유머 감각과 쾌활한 태도로 받아들였다. 한 편지에는 이렇게 썼다. "내 흔들의자가 파업했어. 곧 바닥에 나앉게 될 거야."

그녀는 파리 시장에서 꽃을 사서 아파트 탁자에 놓아둔 일에 관해 야단스럽게 글을 쓰기도 했다. 어떤 주에는 수선화와 미모사를 샀고 또다른 주에는 장미 여덟 송이를 사왔다. 한번은 "향기가 뚜렷한 짙은 장밋빛 카네이션"을 발견해 "초록색 화분에" 키웠고, 제비꽃에 대해서는 "봄 냄새를 풍긴다"라고 했다.

아파트 창문으로 보이는 풍경에도 비슷하게 주의를 기울여 묘사했고 이를 연대순으로 기록했다. 신선한 공기, 새들의 노랫소리, 구름과 우듬지, 아래쪽에 펼쳐진 파리의 "바스락거리는 소리" 등, 모두가 "자랑스러운 높이"를 가진 창문으로 내다보이는 것들이었다.

모더존베커는 파리에서 삶의 풍성함을 만끽했다. 전시회를 보면서 현대미술의 계시적인 능력을 지적으로 분석하고 이해하기도 했다. 스스로 한계를 늘려가면서 성장하고 있으며, 자신의 그림에는 잠재력이 가득해 이제 시작일 뿐이라고 느꼈다.

그런데도 모더존베커는 반쯤은 마지못해서, 그리고 반쯤은 확신에 차서 1901년에 파리를 떠나 보르프스베데로 돌아갔다. 이전에 보르프스베데에 살았을 때 그녀는 오토 모더존이라는 동료 화가에게 매력을 느꼈고, 두 사람은 동료로서 우정을 쌓았다. 파리로 이사한 후에는 오토에게 파리에 와서 함께 전시회를 보러 가자고 설득하기도 했다. 오토가 파리에 와 있는 동안 그의 첫 아내가 사망했고 파울라는 이제 그를 위로하고 싶어서 보르프스베데에서 지내려고 했다. 이후 몇 년 동안 관계가 깊어진 두 사람은 결혼해서 보르프스베데에 살림집을 차렸고 둘 다 계속 그림을 그렸다.

모더존베커는 결혼생활과 그에 따른 가정에서의 삶에서 행복과 양가 감정을 동시에 경험했던 것 같다. 보르프스베데의 집을 낙관적으로 바라보면서 그녀는 그곳에 따뜻한 분위기를 만들어내려고 열심이었다. 그녀는 금빛 액자를 걸고 오래된 벽지를 발랐다. 그런 한편 결혼이 실망감으로 가득하다는 것도 알게 됐다. "결혼이 사람을 더 행복하게 만들지 않는다는 게 내 경험이다." 그녀는 이렇게 썼다. "결혼생활에서는 오해받는 일이 두 배는 더 많은 것 같다. …… 나는 부엌에 앉아 송아지고기를 구우면서 가계부에다 이 글을 쓰고 있다. 1902년 부활절 월요일." 이 시기 그녀의 일기는 뚝뚝 듣는 물과 녹고 있는 얼음에 대한 묘사로 가득하다.

그녀는 1903년과 1905년에 홀로 파리로 돌아갔다. 두 번 모두 아파트를 빌렸는데, 떠나기 전에 명확하게 정해놓은 기간만큼만 살 수 있었다. 1903년에는 6주였고 1905년에는 두 달이었다.

다시 한번 파리에 머무르면서 그녀는 개인적으로나 창조적으로나 왕성해졌고, 자기가 지냈던 아파트를 눈에 선하게 그려질 정도로 정확하게 묘사했다. 매번 파리에 갈 때마다 그녀는 처음에 한곳에 머무르다가 이내 더 마음에 드는 아틀리에와 아파트를 찾았다. 자신의 미감과 공명하지 않는 곳에 머무를 때 모더존베커는 자주 불편한 감정을 토로하며 이렇게 썼다. "내가 우울한 이유는 기본적으로 적당한 집이 없기 때문이다." 또 이렇게 설명하기도 했다. "나만의 장소에서 나를 추스르는 것이 …… 내게는 필수적이다."

아파트를 찾을 때 모더존베커가 우선시했던 것은 채광, 층고, 전망이었다. 1903년에 그녀는 창문 밖으로 나무와 정원이 내려다보이는, 마음에 쏙 드는 장소를 발견했다. 그녀는 1905년에도 그곳에 머무르려고 했으나 이미 임차된 후였다. 그 대신 선택한 아파트는 마담가 65번지에 있

는 아파트 5층이었다. 이곳에서 그녀는 "위로는 멋진 하늘이…… 아래로는 파리가 있다"면서 "공기와 빛과 공간을 즐겼다"라고 썼다.

흥미롭게도 모더존베커가 보르프스베데 집에 품은 애정은 실제로 그곳에서 지내지 않을 때 쓴 편지에서 가장 분명하게 배어나온다. 1903년 파리에서 쓴 편지에서는 그녀와 오토가 노란색 입구 통로에 놓아둔 궤짝에 대해, 베란다에 둔 고리버들 벤치에 대해 언급한다. 이때는 오토와의 결혼생활이 행복했던 것으로 보이며 이 몇 주 동안 그녀가 쓴 편지에는 사랑이 흘러넘친다.

하지만 보르프스베데에서 가정생활을 하면서 모더존베커는 계속 갇힌 듯한 느낌을 받았고 집중할 수 없는 상황도 자주 생겼다. 그녀는 결혼 전에 살았던 작은 집을 그림 작업실로 계속 사용했다. 오토가 며칠씩 집을 비울 때면 작업실에서 잠을 잤다. 그녀는 매우 기뻐하며 옛집을 다시 임시 거처로 꾸몄다. 공간에 대한 주의 깊은 묘사를 보면 그녀가 자유, 독립성, 작업실에서 혼자 살았을 때 경험했던 예술적 몰입을 얼마나 바랐는지 알 수 있다.

말년에 가까웠을 때는 그야말로 양쪽에서 자신을 잡아당기는 듯한 기분을 느꼈던 것 같다. 한쪽에는 사랑하는 남편과의 결혼생활이, 다른 한쪽에는 그녀를 파리로 불렀던 내적 충동과 그림으로 표출해야만 했던 본질적인 목적이 있었다.

1906년에 모더존베커는 더 크게 도약했다. 보르프스베데를 떠난 그녀는 이번엔 돌아올 계획을 확실히 세우지 않고 다시 파리에 정착해 그림에서 새로운 방향을 추구하고자 했다. 그러면서 개인적 삶에서도 새 가능성을 찾으려 했다. 남편, 친구들, 가족에게는 좀더 치열하게 그림에 집중해야 한다고 설명했다. 몇 달간은 오토에게 친절한 어투로 자주 편지를 썼고, 결혼생활을 계속할 수 있을지, 어떤 일이 펼쳐질지 확신하지 못하겠다고 솔직하게 말했다. 가족에게도 애정을 갖고 지켜봐달라며 자주 편지를 썼다. 그러면서도 모든 편지에서 이번에는 파리에서 혼자 지내면서 그림을 그릴 공간이 필요하다는 굳은 의지를 변함없이 드러냈다.

이때 파리에서 지내면서 쓴 글은 행복에 도취되어 있다. 목적의식이 뚜렷하고 기쁨에 차 있던 것으로 보인다. 그녀는 파리 멘대로 5번가에 위치한 별로 비싸지 않은 스튜디오를 구해 살았다. 이번에도 가구는 기본적인 것들로만 채웠다. 칠하지 않은 소나무로 만든 가구, 옷장과 간이 침대를 들였고, 대충 만든 탁자와 선반을 화려한 천으로 덮어 썼다. 하지만 스튜디오는 널찍하고 밝았다. 밤에도 자주 달빛이 넘실대서 한밤중에 침대를 빠져나와 그림을 볼 수 있을 정도였다. 그녀는 자기가 그린 그림들 속에서 잠들었다가 깨어나자마자 그림에 둘러싸여 있는 자신을 발견하는 게 얼마나 기쁜지 모른다고 기운차게 썼다.

파리에서 모더존베커의 예술은 획기적으로 진화했다. 평범한 여성과 아이를 그린 빼어난 초상화 가운데 많은 것을 드러내주는 일군의 자화상도 눈에 띈다. 그녀는 자신을 누드로 그린 최초의 여성 화가로 여겨지는데, 현대적 양식을 끌어안아 지금도 여전히 독특해 보인다.

결국 오토가 그녀에게 돌아오라고 설득하기 위해 파리로 쫓아갔다. 모더존베커는 남편을 사랑했지만 다른 삶을 상상하기 시작한 터였다. 당시 파리 미술계를 이끌어가는 힘으로 여겨졌던 예술의 역동적인 시각을 이해하기 시작했던 것이다. 좀더 고루한 보르프스베데 양식으로 관습적인 풍경화를 그리는 화가였던 그녀의 남편은 아내를 지지하고 싶어 하면서도 그녀의 혁신적인 예술적 접근법에 숨은 가치를 이해하느라 애를 먹었다. 1907년, 몇 달간 저항하던 끝에 모더존베커는 남편과 재결합해 첫 아이를 배었고 보르프스베데로 돌아가기로 합의했다.

그녀의 이야기는 갑작스레 끝난다. 생애 마지막 몇 달 동안 남긴 편지에는 예술에 대한 신념과 생생한 유머가 가득하다. 그러다 1907년 가을, 편지가 뚝 끊겨버린다. 딸을 낳은 지 19일째 되던 날, 모더존베커는 머리를 땋은 후 침대에서 일어서다가 조금의 경고성 징후도 없이 출산과 오랜 침대 생활로 인한 산후 색전증으로 사망하고 만다.

파울라 모더존베커의 죽음은 운명적이라거나 불가피했다는 느낌이 전혀 없다. 생의 주기가 끝났다거나 삶이 결말을 맞았다는 평화로운 느낌도 주지 않는다. 사망 당시 서른한 살이라는 너무도 젊은 나이였기 때문만은 아니다. 그녀의 목소리가 여전히 너무도 쾌활하면서 투지로 가득했고, 그녀의 예술이 여전히 독창적인 중요성으로 환하게 빛나는 추진력과 가능성으로 가득했으며, 그러면서도 반만 완성된 상태로 작업의 전체상이 드러나지 않은 상태였기 때문이기도 하다.

케이트와 나는 모더존베커에게 무슨 일이 일어났는지 알면서도 그녀의 편지와 일기를 읽으며 그녀에게 죽음이 가까이 다가올 때면 여전히 갑작스럽다는 느낌에 큰 충격을 받는다. 케이트는 의사의 진료를 기다리던 중에 모더존베커의 마지막 편지들을 읽었다. 케이트의 네 자녀 중 셋을 받아준 의사였다. 자식이 넷인 여자와 자식이 없는 여자로서 모성의

양쪽 편에 서 있는 우리 둘 다 모더존베커의 삶이 거쳐간 시간대를 가슴 속에 응어리지는 슬픔을 느끼지 않고서 바라보기가 무척 어려웠다.

모더존베커가 미처 그리지 못한 그림들이 어땠을지, 그녀가 창작과 부모 노릇이라는 두 가지 갈래를 어떻게 경험했을지는 그저 상상만 할 수 있을 뿐이다. 한편으로는 그녀가 예술과 삶에서 남겼을지도 모를 모범을 우리가 소중히 여겼을 것이기에 그녀를 잃은 것이 참담하다. 우리는 여러 이유에서 이 책에 모더존베커가 들어가야 한다고 생각했다. 특히 우리 삶에 그녀가 필요했다는 사실을 잘 알고 있었기 때문이다.

Vincent van Gogh

빈센트 반 고흐

얼마 전까지 케이트는 '옐로 하우스'라는 시카고 예술가 비평 그룹의 회원이었다. 그룹의 이름은 빈센트 반 고흐가 잠깐 살았던 프랑스 마을 아를의 집을 기리려고 택한 것이었다.

네덜란드 화가 반 고흐는 1888년 2월 프랑스 남쪽으로 여행을 떠났다. 아를에 집과 그림 작업실을 꾸리기 위해서였다. 일련의 창작적 관심이 그를 남쪽으로 향하도록 자극했고, 건강에 대한 염려가 장황하게 이어져 파리에서 경험했던 길고 혹독한 겨울에서 벗어나고 싶었기 때문이기도 했다. 그는 남부의 기후와 풍경 덕에 원기를 회복하길 바랐다. 남쪽의 빛과 색채에 끌린 지 오래되기도 한 터였다. 그는 이 빛 속에서 살면 외젠 들라크루아의 회화와 일본 판화를 포함한 다른 예술가의 작품을 더 깊게 이해하리라고 생각했다. 무엇보다도 이 색채 경험으로 자신의 그림이 흥미롭고 중요한 방식으로 변화할 것이라고 믿었다.

그가 옳았다. 처음에는 프랑스 남부의 아를에서, 그다음으로 생레미에서 지낸 2년 3개월 동안 그의 예술적 잠재력이 모습을 드러냈다. 그가 남긴 예술적 유산에서 가장 상징적이고 영향력 강한 요소가 형성된 것이다. 이 시기에 반 고흐는 정신 건강상의 문제와 함께 중요한 개인적 격변을 겪기도 했다.

반 고흐는 꽤 오랫동안 프랑스 남부에 가고 싶어 했다. 1년 남짓 전에 그는 편지에서 "**푸른** 색조들과 화사한 색채들" 속에 있고 싶다고 썼다(반 고흐의 강조).

일단 아를로 거처를 옮기고 나서는 그곳의 집과 삶을 폭발하는 색채와 색면으로 경험했다. 아를에서 보낸 편지들은 밝은 빛, 남쪽 지방 특유의 그림자 윤곽, 시골 풍경 전반에 걸친 색채 효과에 대한 이야기로 가득하다.

마찬가지로 아를의 집에 대한 묘사도 생생하게 나타낸 색채로 물들어 있다. 풍부한 초록빛의 덧문과 문, 블라인드에 관해 썼고, 노란색 외관에 관해서는 "신선한 버터 색깔"이라고 묘사했다. 실내에서는 빨간색 타일 바닥과 일본 판화를 걸어둔 회반죽벽을 한껏 즐겼다.

잔디 광장 근처에 자리잡은 반 고흐의 집은 전면에 햇빛을 받으며 서 있었다. 반 고흐는 이 점과 함께 남쪽 지방 특유의 푸른 하늘이 주는 명료한 광채를 사랑했다. 새집에서 그는 이렇게 썼다. "나는 살 수 있고, 숨 쉬고, 명상하고, 그림을 그릴 수 있다."

반 고흐가 아를에 도착했을 무렵 그곳에는 예술가 공동체랄 것이 거의 없었지만, 그는 자기가 사는 노란 집을 예술가들의 회합 장소로 쓸 수 있을 거라고 상상했다. 여러 화가를 아를로 초대해 어울려 살고 그림을 그리면서 한동안 자신과 함께 지내는 모습을 마음속에 그렸다. 그는 우선 폴 고갱을 초대하기로 했다.

고갱이 도착하기 몇 주 앞서, 반 고흐는 집 안 곳곳에 걸어놓을 그림 여러 점을 새로 그리면서 특히 고갱의 방을 장식하는 일에 몰두했다. 자신이 끌어낼 수 있는 창작 에너지를 다 써서 친구이자 동료 예술가를 환영하고 싶었던 것 같다. 고갱의 방을 장식하려고 그린 그림 중에는 해바라기 화병을 담은 정물화도 있다. 화폭 전체를 버터 같은 노란색으로 그려 집만큼이나 따뜻한 그림이다.

반 고흐가 미술 공동체를 시작하려는 충동을 느낀 것은 이처럼 관대한 성격에서 비롯되었다. 또한, 스스로에 대한 오해로 인한 것이기도 했다. 반 고흐가 자신의 대인관계 능력을 과대평가한 것은 이번이 처음이 아니었다. 불운했던 20대의 짧은 시기 동안 그는 가난한 벨기에 탄광 지역에서 평신도 목회자로 봉사하려고 했지만 유의미한 신도 공동체를 길러내지 못한 채 실패했다. 부분적으로는 주민들에게 봉사하고자 한 노력이 지나치게 광신적이었던 탓이었다.

결국 미술 공동체는 반 고흐가 바라던 대로 흘러가지 않았다. 고갱은 노란 집에서 두어 달 함께 살았지만, 애초에 고갱은 반 고흐가 자신의 실험에 끌어들이기에 적당한 사람이 아니었을지도 모른다. 두 사람의 관계는 점점 껄끄럽고 격해졌다. 비슷한 시기에 반 고흐의 정신 건강도

나빠졌는데, 어쩌면 고갱과의 긴장관계 때문에 악화되었을 수도 있다. 1888년 12월과 1889년 5월 사이에 반 고흐는 여러 차례 신경쇠약을 겪었고, 이는 그가 남부 프랑스에서 보내던 시간의 흐름을 바꾸어놓았다.

(반 고흐는 아를의 노란 집에서 예술가 공동체를 만드는 데 성공하지는 못했지만, 100년이 지나 멀리 떨어진 대륙에서 케이트의 비평 그룹이 반 고흐가 품었던 예술적 공동체와 유대에 대한 몽상의 일부 요소를 되찾기 위해 나섰다.)

반 고흐는 여러 차례 입원과 퇴원을 반복한 끝에 1889년 5월에 아를을 떠나 근처 프로방스의 소도시 생레미에 있는 정신병원 생폴드모솔에 자발적으로 입원했다. 정신병원에서의 경험은 우리가 예상하는 것보다 더 많은 음영을 드리웠다.

때로는 그곳 생활을 편안하게 여기기도 했다. 반 고흐가 앓았던 정신 건강상 문제의 원인이 정확히 무엇이었는지 알지는 못하지만, 병증이 간헐적으로 나타났다는 것만큼은 분명하다. 그를 진료한 일부 의사들은 그가 간질병을 앓고 있다고 믿었다. 증상 발현 사이의 긴 기간 동안, 반 고흐의 정신 상태는 몹시도 명료했다. 그럴 때면 그는 자신의 정신 건강에 대해 잘 알고 있었고 깊이 걱정했다.

생폴드모솔에서 안전한 공간에 조심스럽게 갇혀 사는 생활로 인해 반 고흐는 안정감을 느꼈다. 낯선 사람과 생소한 물건에 둘러싸여 언짢아질

때면 정신병원을 떠나는 게 너무 벅차게 느껴질 때도 있었다. 한번은 발작을 일으키고 좀처럼 안정을 찾지 못해서 두 달 넘도록 방에서 나가지 않기도 했다. 정신병원의 정원으로 나가는 모험조차 감행하지 못했다. 이런 시기에는 창문에 의지해 세상과 연결된 감각을 유지하고 그림에 담을 시각적 영감을 얻었다.

아를에서와 마찬가지로 반 고흐는 생레미 정신병원의 생활 공간도 매우 세세히 묘사했다. 생폴드모솔은 11~12세기에 원래 수도원으로 지어진 곳이었다. 건물은 드문드문한 수도원 생활은 물론이고 거주민에게 매일 신성함과 더불어 살아간다는 영감을 주기 위해 설계된 건축 표현을 그대로 유지하고 있었다. 건물과 건물이 들어선 땅은 여유로웠고 아름답게 꾸며져 있었으며 세상으로부터 멀리 떨어진 채 탁 트여 있었다.

생폴드모솔에서 반 고흐가 쓰던 방은 낡은 가구와 칙칙한 색채로 채워져 건물의 나이를 짐작게 했다. 편지에는 여전히 색채 묘사로 가득했지만, 그가 묘사한 색채들은 아를의 집 안에서 발견한 것보다 훨씬 활기가 덜했다. 방에는 "초록빛이 도는 회색" 벽지가 발려 있었고 커튼에 대해서는 "아주 창백한 장미 무늬가 있는 청록색"이라고 썼다. 바닥에는 여러 세대에 걸친 발자국과 세월로 고색창연하게 빛바랜 작은 빨간색 타일이 깔려 있었다. 침실 안락의자를 씌운 태피스트리 천도 비슷하게 닳아 있어서, 여러 색이 "점점이 흩어진" 이 직물을 보고 반 고흐는 이전 시대의 화가 아돌프 몽티셀리를 떠올렸다. 그래도 그는 이 숨죽인 공간에서 밝은 지점들을 발견했고, 들라크루아, 장프랑수아 밀레를 직접 모사한 그림으로 벽을 가렸다. 아를에서와 달리 생레미에서는 침실에 자기 그림을 걸고 싶은 마음이 들지 않았다.

무엇보다도 반 고흐가 가장 끌린 것은 창문이었을 것이다. 철창으로 막혀 있기는 했어도 창문을 통해 들판과 저 너머 언덕이 내다보였다. 가장 중요하게는 해돋이 풍경이 보여서 예술에 대한 사랑과 서정적으로 다시 연결될 수 있었다. 그는 이렇게 썼다. "오늘 아침에 해가 뜨기 한참 전부터 창문으로 샛별 말고는 아무것도 없는 시골을 보았다. …… (샤를프랑수아) 도비니와 (앙리) 루소가 한 일이 바로 그것이다. 새벽의 그 모든 친밀함, 광대한 평화와 장엄함을 표현하면서, 동시에 너무도 개인적이고 너무도 가슴 아리는 느낌을 더한 것이다."

아를에서 그랬던 것처럼 반 고흐는 생레미 정신병원에서도 자신이 사는 실내 공간을 그림으로 그렸다. 두 군데 집 모두 그림을 그리는 공간이 자 그림의 주제가 되었다.

의사들은 대부분 반 고흐가 그림 그리는 걸 지원했고 작업실로 쓸 방을 추가로 내주기도 했다. 야외로 나가 정원에서도 그림을 그리게 해주었으며 정신 상태가 어느 정도 안정적이라고 판단될 때면 풍경에 둘러싸여 그림을 그릴 수 있도록 정신병원 구역 바깥으로 나서는 것도 허락해주었다.

오늘날에는 이 시기 반 고흐의 예술적 시각과 생산성이 정신병 때문에 불붙었다고 많은 사람이 믿고 있다. 실제로 그가 그림을 그린 시기는 발작 사이사이에 정신이 명료했던 몇 주, 몇 달 동안이었다. 이런 중간기에 그는 또렷한 정신으로 지적인 관심사를 탐색했다. 건축 책을 폭넓게 읽었고, 역사극부터 시작해 셰익스피어를 다시 읽었으며, 파리에서 근자에 열렸던 전시회에 관해 문의했고, 볼테르를 포함해 수많은 소설을 읽었다.

반 고흐는 정신병에 속박된 상태에서는 그림을 그리지 않았다. 병증을 앓는 동안 그리고 그 직후에는 창작이 전혀 불가능했다. 그의 방대한 작품군은 발작 사이사이에 정신이 명료한 몇 달 동안 근면하게 매일매일 그린 결과였다. 그럴 때면 그는 창작이 온전한 정신 상태를 유지해주고, 마음을 구원해주고, 자신의 안녕을 어느 정도 견인해주는 방법이라고 보았다.

이 책에 나오는 예술가 중에서도 반 고흐가 생레미의 생활 공간과 맺은 관계는 특별히 복잡 미묘하다. 스스로 선택해서 살게 된 곳이었지만 생활의 리듬에 관해서는 결정권이 거의 없었고 집을 아름답게 꾸미는 권한도 아주 제한적으로만 허용됐다. 정신병원이라는 환경에서는 '집'이라는 단어조차 다른 층위의 의미를 지녔다. 그런 보호 시설의 공간이 '집'이라고 명명되는(예를 들어 '돌봄의 집') 이유는 그곳이 거기 거주하는 사람들의 집인 동시에 그 사람들이 시설에 수용되어 있다는 맥락을 가리는 데에도 그 단어가 쓰이기 때문이다.

반 고흐는 생폴드모솔에서 사는 것을 때때로 편안하게 느끼기도 했지만, 그만큼 정신병원과 그곳의 제약에 분개하기도 했다. 특히 창작 생활이 제한받는 것에 대해 짜증을 냈다. 한여름에 발작이 일었던 동안 반 고흐는 자기가 가지고 있던 (독성이 있는) 물감 일부를 삼킨 탓에 정신병원 의료진은 그림 그리는 것을 일시적으로 금지했다. 그렇다고 하더라도 반 고흐는 창작 활동을 안정과 목적의식, 치유를 얻을 수 있는 최선의 희망으로 이해했다.

정신병원에서 살면서 반 고흐는 다른 환자들과 공동으로 생활하는 환경에 놓이게 되었다. 그는 정신적 영민함을 잃고 자신이 '광기'라고 부른 상태로 퇴락하는 것을 몹시 두려워했다. 다른 환자들이 질병에도 불구하고 계속 살아가는 방식을 보는 것이 공포를 어느 정도 덜어주는 때도 있었다. 하지만 무서운 발작을 더 자주 겪으면서 반 고흐는 동료 환자들과 그들의 극심한 정신적 고통에 불안감을 느끼곤 했다. 또한 정신병원의 관리에 대해서도 우려를 표하기 시작했다.

반 고흐는 정신병원에서 지내겠다는 자신의 결정을 놓고 끊임없이 씨름했다. 그곳에 몇 달이나 더 머물러야 현명할 것인지에 관한 전망과 떠나고 싶은 강한 욕망 사이에서 갈팡질팡했다.

결국 1890년 5월에 반 고흐는 생레미를 떠나기로 결심했다. 한편으로는 정신병원에서 사는 것이 불편했기 때문이었고, 다른 한편으로는 조국 네덜란드와 풍경이 더 비슷한 북쪽으로 돌아가기를 간절히 바랐기 때문이었다. 그는 가장 신뢰하는 지지자이자 친구이자 심복인 동생 테오와 더 가까이에서 살기를 원해 파리와 가까운 오베르쉬르우아즈로 이주했다. 그는 꾸준히 진료를 받으면서도 가정생활과 창작 활동에서 더 큰 자율성을 누리기를 소망하며 그곳 의사의 관리에 자신을 맡겼다.

하지만 반 고흐는 생레미의 정신병원을 나오고 나서 그리 오래 삶을 이어가지 못했다. 4개월 후 그는 자살로 생을 마감했다.

프랑스 남부에서 보낸 생애 마지막 2년 동안 반 고흐는 확고한 의지와 근면함으로 창작과 지적 활동을 이어갔으며, 공포와 질병을 마주하면서도 비범한 예술적 결과물을 내놓았다. 반 고흐가 프랑스 남부에서 보낸 삶에 대한 이야기는 복잡하다. 하지만 그 복잡성 덕분에 우리는 그의 삶에서 더 크고 미묘한 의미를 숙고하게 되고, 예술적 재능의 실현이 집, 건강, 창작 활동이라는 삶의 여러 가닥이 서로 엮인 결과임을 더욱 충분히 이해하게 된다.

Zaria Forman
자리아 포먼

    섬세하게 묘사한 커다란 규모의 파스텔화에서, 동시대 예술가 자리아 포먼은 남극, 그린란드, 북극, 또 그 외 지구상 외떨어진 지역의 빙하로 이뤄진 풍경을 상기시킨다. 작품이 어찌나 정밀한지 첫눈에는 사진으로 나타낸 고해상도 리얼리즘처럼 보이지만, 하나하나 모두 엄청난 공을 들여서 파스텔로 그린 것이다. 포먼은 그림을 그릴 때 종종 손가락을 쓰기도 하는데, 완성된 그림에서는 손으로 그렸다는 흔적이 눈에 띄지 않는다. 그런데도 희미한 촉감이 어떻게든 감지된다. 작품마다 눈에 보이지 않는 접촉의 흔적이 반향을 일으키는 것이다. 기후 변화의 위협으로 녹아내리는, 이미 사라지고 있는 풍경을 묘사하면서, 포먼은 관람객에게서 경외감과 깊은 유대감을 모두 끌어낸다. 포먼은 우리가 이처럼 멀리 떨어진 장소와 더 직접적으로 관계를 맺게 하고 경험하게 하여, 그곳들을 잃는다는 의미를 좀더 개인적으로 느끼게 한다.

    작품의 특성상 포먼은 자주 여행한다. 미국항공우주국(NASA)의 아이스브리지 작전 파견단과 함께 비행하고, 남극에서 내셔널지오그래픽 익스플로러호에 승선해 상주 예술가로서 이바지한다. 그 외에 연구자 및 과학자와 협력관계를 맺은 탐험대에도 속해 있다. 작업실로 돌아가서도

드로잉의 규모와 엄격한 창작 습관 때문에 포먼은 북극과 남극 세계에 푹 빠져 있곤 한다.

지구의 풍경 변화에 발맞추어 작품 활동을 하는 예술가이다보니, 포먼에게 집은 지구이자 사적인 공간 모두를 포괄하는 개념으로, 그 범위가 남다르다.

새로운 작업을 조사하기 위해 멀고 외딴곳을 여행하지 않을 때 자리아 포먼은 브루클린 파크슬로프에 있는 방 두 개짜리 알록달록한 아파트에 산다. 같은 아파트에서 12년 넘게 살고 있는데, 시간이 지남에 따라 공간에는 집다운 편안한 온기가 더해졌다. 풍부한 색채, 겹겹이 자란 식물들, 가족용 가구, 수년 동안 수집한 작품이 있는 곳이다.

포먼의 집에서 가장 큰 울림을 주는 요소는 가족용 가구와 포먼이 집 안 곳곳에 배치한 장식으로, 어머니 레나 배스 포먼이 2011년에 세상을 뜨면서 물려준 것들이다. 배스 포먼은 유명한 풍경사진 작가였고 어머니의 유산이 자리아 포먼의 인생, 예술, 집을 줄곧 비추고 있다. 딸처럼 배스 포먼도 직업상 자주 여행해야 했는데 가족을 동반하는 경우도 잦았다. 이런 여행에서 얻은 미적 경험 덕분에 배스 포먼은 발리와 인도의 디자인에 애정을 갖게 되었다. 자리아 포먼이 물려받은 물건 중에는 무늬 있는 궤짝과 테이블이 있다. 빨간색, 초록색, 금색 물감을 손으로 칠하고 꽃 그림과 복잡한 무늬로 장식한 가구들이다. 표면은 짙은 빨간색과 크림색 벨벳으로 감싼 소파 두 개도 물려받았는데, 어릴 때부터 쓰던 가구다. "이 소파들은 편안하지 않아요." 포먼이 웃으며 말했다. "하지만 제겐 정말 의미가 크죠."

가구와 함께, 포먼은 어머니의 사진작품, 어머니가 다른 예술가에게 구매한 예술작품, 세계를 돌며 수집한 부처상도 개인 유품의 일부로 물려받았다. 마젠타색으로 칠한 복도에 포먼은 섬세한 흰색 레이스가 달린 아기용 드레스를 걸어두었다. 어머니가 입었던 옷으로, 조부모님이 간직해뒀다가 이제 포먼이 물려받은 물건이다.

"제가 자란 집은 정말 아름다웠어요." 포먼이 말했다. 그리고 지금 사는 집에서도 포먼은 어린 시절부터 자기 삶의 일부였던 가구 및 장식과 함께 살아가는 것을 좋아한다.

어머니는 예술가로서도 포먼의 작업에 흔적을 남겼다. 배스 포먼 또한 풍경에 끌렸고, 특히 원정 촬영 때 방문했던 극지에서 얼음으로 뒤덮인 환경에 압도되었다. "엄마는 북극곰에 푹 빠져 있었고 전생에 자기가 북극곰이었을 거라는 생각도 하셨어요." 포먼이 침대에 놓아둔 북극곰 봉제 인형 두 개를 가리키며 말했다. 배스 포먼이 생애 마지막에 가까워졌을 때, 모녀는 그린란드로 탐험대를 이끌고 원정을 떠날 계획을 세웠다. 포먼은 어머니가 세상을 떠난 후에야 그 여행을 완수했고, 그곳에서 어머니와의 추억을 기리며 어머니의 유해를 디스코베이에 있는 부빙들 사이에 뿌렸다.

포먼의 그림에는 이처럼 공명의 층이 덧붙여져 있다. 그녀의 환경 탐험이 어머니와 영구적으로 연결된 실과 엮여 있는 것처럼 말이다.

현재 포먼은 디스코베이로 빙산을 보내고 있는 야콥샤운빙하를 그리고 있다. 처음으로 자신의 집에 두려고 그리는 극지 풍경 파스텔화다. 포먼은 다이닝룸 안쪽 끝에 있는 기다란 벽에 이 그림을 걸 계획이다.

포먼이 이 아파트로 처음 이사했을 때 그 공간은 작업실의 두 배 크기였다. 그녀는 바닥이 파스텔 가루로 더러워지지 않게 비닐을 깔아두고는 바로 이 벽에 종이를 붙여 작업했다. 이제는 집에서 몇 킬로미터 떨어진 브루클린의 이웃 동네에 작업실이 있어서 포먼은 날마다 자전거를 타고 집과 작업실 사이를 오가며, 도중에 종종 브루클린 식물원에 들른다. 집에서 작업하다가 따로 마련한 스튜디오로 옮긴 것에 대해 포먼은 이렇게 말했다. "정말 흥미로운 변화였어요." 한 공간에서 작업과 생활을 같이할 때는 작업에 즉시 접근할 수 있다는 효율성 면에서 정말 좋았지만, 집 작업실에 수용하기에는 그림의 규모가 너무 커지고 있었다. 게다가 집에서 작업할 때는 아파트를 며칠씩 떠나지 않고서 작업에만 빠져 지내기 십상이었다. "가정과 일을 분리하기가 너무 어려워요. 다른 감정을 가져야 하고…… 마음가짐도 달라서요."

작업실을 분리한 건 그녀에겐 도약처럼 느껴졌다. "그 공간으로 옮긴 첫날이 기억나요. …… 거기서 첫 작품을 그리려고 빈 종이를 벽에 붙였는데 저도 모르게 울음과 웃음이 동시에 터졌어요. …… 그런 경험은 처음이었죠. 별안간 그런 감정이 밀어닥쳐서 그냥 바닥에 누워 동시에 울며 웃었어요. 기쁨의 눈물이었죠."

처음 1년간은 혹시 몰라 아파트에도 작업실을 그대로 두었다가 이후에 그 공간을 거실로 확장했고, 다시 식사와 요가를 위한 차분한 공간으로 바꿨다. 새로 되찾은 거실 공간에서 처음으로 한 일 중 하나는 자신의 그림을 프린트한 벽지를 주문 제작해 벽화처럼 붙인 것이었다. 예전에 작업 중인 그림을 벽에 붙였던 것처럼 말이다. 자기 작품으로 벽화 같은 벽지를 인쇄한 것은 시도해보고 싶었던 실험이었지만 그때 이후로 또 다른 벽지를 만들지는 않았다. 야콥샤운빙하를 그린 새로운 작품이 완성되면 벽화 벽지를 이 진품 그림으로 교체할 예정이다. 지금은 벽 대부분을 채워 공간에 에워싸인 듯한 경험을 제공하는 벽화 같은 인쇄본에 만족하고 있다.

포먼의 집은 장난기로 가득하다. 최근에는 빙산 모양의 램프를 사서 빙하 벽지 바로 옆에 있는 나지막한 미드센추리 탁자에 놓아두었다. "조명을 중시해요." 포먼의 말이다. 그녀의 집에는 자연광과 환희에 넘치는 색채가 밀려든다. 몇몇 공간은 생기발랄한 노란색, 분홍색, 강렬한 파란색으로 칠했고, 벽을 흰색으로 놔둔 공간에도 색채가 실내 장식에 침투해 있다. 부엌에는 빨간색 찻주전자와 보라색 모카포트가 있고 색색 가지 칼들이 벽에 부착되어 있다. 반대편 벽에 있는 냉장고에는 좋아하는 이미지들을 콜라주처럼 붙여놓았다.

"전 색깔이 정말 좋아요." 포먼이 말했다. 포먼의 집에는 미적 감각이 엿보이는데 이를 형성하는 데에는 가족과 여행했던 페인티드사막, 유타주와 인도 라자스탄의 붉은 암석 지대가 심대한 영향을 주었다. "그런 경험이 저의 보는 감각에 큰 영향을 준 것 같아요. 색채와 식물은 제겐 무척 생생하게 살아 있는 것들이죠."

포먼의 아파트에는 어디에나 식물이 있다. 거실에는 돈나무가 천장 높이까지 자라 있고, 부엌 창문에는 화분이 두 줄로 늘어서 있는데 그중에는 몇 년째 꽃을 피우고 있는 난초도 있다. 대부분은 친구들이 선물로 준 것이고, 길 아래쪽 작은 화원에서 직접 골라 산 것도 있다. "가능한 한 실내에 실외의 요소를 두는 걸 좋아해요."

내가 방문한 날 아침에 포먼은 파타고니아로 긴 조사 여행을 떠났다가 막 돌아온 참이었다. 포먼에게는 바쁜 한 해였다. 바로 몇 달 전에는 자신이 소속된 뉴욕 윈스턴베히터갤러리에서 개인전을 열었다. 짧은 기간에 집중적으로 전시 준비를 마치고, 뒤이어 몇 주간 현장 조사 작업을 한 후, 집에 둥지를 틀 시기로 들어선 것이다. 얼마 전까지만 해도 포먼에게는 늘 룸메이트가 있었다. 이제 처음으로 포먼은 오랫동안 살아온 아파트에서 온전히 홀로 살게 됐고, 공간은 다시 한번 진화하고 있다. 포먼이 이 새로운 리듬에 익숙해지고, 어떤 방들은 다시 꾸미고, 새로운 작품들

을 집에 들이면서, 집과 새롭게 맺은 관계에 적합한 목소리를 찾고 있는 것이다.

최근에 포먼은 침실을 다른 공간으로 옮겼다. 새 침실은 복숭앗빛 플러시 천으로 된 러그, 수를 놓은 침구로 꾸미고, 창문에 건 얇고 부드러운 주황색 직물 사이로 햇빛이 투과해 들어와 사랑스러운 분위기다.

짙은 사파이어색으로 칠한 옆방은 원래 침실이었던 공간을 옷방으로 바꾼 것이다. 한쪽 벽에는 장신구가 주렁주렁 걸려 있고, 앞면이 불룩 튀어나온 빈티지 화장대에는 어머니의 부처상과 옥잠화가 꽂힌 화병, 장신구 트레이가 배열되어 있다. 처음 일을 시작했을 때 포먼은 순수미술 화가일 뿐 아니라 장신구 디자이너이자 요가 강사로도 일했고, 여전히 독특하고 흥미로운 장신구에 대한 안목이 좋다. 포먼이 수집한 장신구들은 놓여 있는 그대로 장식 같은 느낌이 든다. 화장대 거울 위에는 어머니가 찍은 세피아톤 사진 네 장을 기대어 세워뒀다.

포먼은 아파트의 단단한 나무 바닥에도 새 카펫을 깔았다. 이웃 여자가 모로코에서 가져온 아름다운 앤티크 깔개를 사들인 것이다. 이 깔개들은 두껍고, 다양한 추상적 기하학 형태의 무늬가 들어 있으며, 대부분 색이 화사해서 공간마다 깊이와 질감을 더한다. "깔개들이 역사의 감각을 지니고 있는 점이 마음에 들어요. 현대의 물건에서는 찾아보기 힘든 장인정신이 깃들어 있죠." 포먼이 말했다.

다이닝룸에 깔아둔 흰색과 검은색 카펫 위를 걸으면 발이 푹신하게 깊이 들어가서 카펫 속에 푹 빠져버릴 듯하다. "이 깔개 위에 늘 주저앉고 싶겠어요." 내가 말했다.

포먼이 웃었다. "친구들과 파티를 했는데 제가 이렇게 말했어요. '놀러 와서 내 깔개들 위에 누울 때가 됐어.' 양털 러그도 있어서 그것들을 꺼내다가 바닥에 깔고 우린 그냥…… 늘어지는 거죠."

집에 대한 포먼의 접근법에는 기쁨의 기운이 물씬하다. 그녀는 빈티지와 물려받은 물건들에 생기와 의미를 불어넣는다. 포먼은 색채의 정확성과 촉감에 민감해서, 집의 풍부한 질감과 손으로 직접 문지르며 그리는 대규모 그림 창작 과정에 모두 생기를 불어넣는다. 포면의 극지 풍경화가 지구와 고차원적인 연결감을 가지는 데 영감을 준다면, 그녀의 집은 또다른 차원의 연결을 불러일으킨다. 즉, 가족, 예술, 자연, 빛, 그리고 삶의 기쁨과 연결된 지속적인 유대다.

Jean-Michel Basquiat
장미셸 바스키아

열일곱 살 때 장미셸 바스키아는 뉴욕 소호로 이사했고, 그 동네를 남은 생애 동안 자신의 본거지로 삼았다. 처음에는 정해진 거처 없이, 그 동네에 아파트가 있는 여러 친구 집을 전전하며 지냈다. 마침내 자기 공간을 갖게 되었는데, 처음에는 크로스비가 101번지의 로프트였고, 그다음에는 그레이트존스가 57번지의 2층짜리 작은 건물이었다. 그는 죽기 전까지 이곳에서 5년을 꽉 채워 살며 그림을 그렸다. 성인이 된 이후로 그어느 곳보다 오래 살았던 곳이었다.

너무 짧았던 27년의 삶을 살면서 바스키아는 독특한 예술적 목소리를 개척해냈다. 새로운 형식의 시각 담론을 창작해 살아생전에, 또 사망 후 수십 년간 전 세계 동시대 미술계에 중대한 영향을 끼쳤다.

나는 어떻게 보면 소호 거리를 오래 걸어 다니는 동안 바스키아의 집을 방문해본 셈이다. 나 역시 10대와 20대 초반에 이 거리를 배회하며 많은 시간을 보냈는데, 그곳에서 바스키아가 산 지 10~20년이 지난 후였다. 그러다가 15년간 나는 이 동네를 떠나 있었다. 내가 없는 동안 도시의 많은 구획이 다시 조성되었고, 이제 돌아와서 보니 한때 내가 알았던 동네의 어떤 곳은 알아보기조차 힘들어졌다. 소호 자체도 바스키아가 살기 이전부터 오늘날까지 끊임없이 변화하는 상태다. 그렇다 해도 완전히 변한 듯한 그 동네에 돌아가면 지금도 마음 깊숙이 친숙한 느낌이 든다.

나는 지금 내가 사는 곳에서 멀지 않은, 바스키아가 어린 시절을 보낸 브루클린에서 출발해 바스키아의 집을 향해 에둘러 걷기 시작했다.

바스키아는 1960년에 아이티인 아버지와 푸에르토리코 혈통인 어머니 사이에서 태어났다. 바스키아는 어릴 때 브루클린 안에서 여러 번 이사를 했고, 때로는 그 과정에서 고생도 많이 했다. 일곱 살 때는 차에 치여 심하게 다쳤다. 뼈가 부러지고 내부 장기도 손상되어 오랫동안 병원에 입원해 있었다. 어머니는 아들이 회복하는 동안 『그레이 해부학』을 한 권 주었는데, 그 덕분에 바스키아는 평생 해부학에 심취했다. 그후 얼마 지나지 않아 부모님이 이혼했고, 바스키아와 여동생들은 아버지와 함께 이스트플랫부시에서 살다가 보럼힐로 옮겼다. 몇 년 동안 아버지는 자녀들을 데리고 푸에르토리코로 가서 살기도 했다. 10대 때 뉴욕으로 돌아온 바스키아는 잠시 가출했다가 브루클린의 실험적인 공립고등학교인 시티애즈스쿨에 등록했다. 그곳에서 동료 예술가 앨 디아스와 창작 협력 관계를 맺어 세이모SAMO©라는 이름으로 활동을 시작했다. 재치 넘치고 시적이며 철학적인 그라피티아트였다.

1978년 6월, 열일곱 살이 된 바스키아는 이스트강 건너 로어맨해튼의 예술적이고 전위적인 동네로 이사해 그곳에서 남은 평생 그림을 그리며 살았다. 이사는 자주 다녔다. 이 시기 바스키아의 삶을 조사한 내용을 적은 내 수첩에는 장황한 기도문처럼 주소들이 적혀 있다.

바스키아는 대체로 소호에서 살았지만 때때로 첼시나 좀더 멀리 미드타운에 머물기도 했다. 여자 친구들과 함께 살던 때도 있었다. 그 외에는 친구나 동료 예술가와 지냈고 잠깐 로맨틱한 관계를 맺었던 상대와 지내기도 했다. 1980년과 1981년 다운타운 예술가들에 관한 독립영화에 출연하는 동안에는 영화 제작사 사무실 뒤쪽 골방에서 지냈다. 가구가 거의 없는 그곳에서 살면서 그는 여기저기서 주워 모은 미술 도구와 재료로 공간을 채웠다.

잠깐씩 지낸 이 거주지들에 공통된 맥락이 하나 있다면, 바스키아는 자신이 살던 모든 공간을 창작 실천에 끊임없이 통합시켰다는 것이다. 하룻밤 혹은 이틀만 머물 때에도, 집주인이나 연애 상대의 말에 따르면 한밤중에 잠에서 깨면 바스키아가 그림을 그리고 있었다고 한다. 때로는 바닥이나 벽, 천장, 냉장고에다 직접 그리기까지 했다. 바스키아는 거리에서 물건을 수집했고 그것들로 조각과 아상블라주를 만들었다. 집과 창작 실천은 서로 뒤엉켰는데, 저녁나절만 머문 집에서도 마찬가지였다.

이 시기 동안 바스키아는 특정 주소지보다는 창작 에너지와 재능으로 가득한 동네 그 자체를 집으로 삼았다. 소호는 당시에 최전선을 달리는 예술의 중심지였고 분야의 경계를 큰 폭으로 넘나들며 실험하는 예술가들로 가득했다.

소호는 바스키아가 살았던 시절 이후로 크게 변했다. 부동산 가치가 훨씬 올라갔고, 자갈이 포장된 거리와 오래된 공장, 건물 앞쪽 상점에는 전 세계 주요 디자이너 및 브랜드 상점이 밀고 들어왔다. 하지만 건축물은 예나 지금이나 별반 다를 바가 없다. 로어맨해튼의 똑같은 건물을 새로운 가게가 점령하고 있는 것이다. 그곳은 바스키아나 내가 살기 전부터 이미 사람들이 거주하고 일하고 쇼핑하던 장소였다.

소호는 소득 수준이 높은 상류층 동네지만 아직도 거리미술, 광고 전단, 스프레이 페인팅, 건물 벽에 풀칠해 붙인 등사 인쇄물을 볼 수 있는 곳이다. 이곳의 언더그라운드 미술은 예전처럼 본능적이거나 모든 것을 포괄하지는 않을지 몰라도 악당 같은 구석은 계속 이어져 부티크 상점들과 어깨를 나란히 하며 더욱더 공세적으로 자기 자리를 집요하게 고집하고 있다.

처음 소호에 도착했을 때 바스키아는 세이모로서 여전히 그라피티 작업을 하고 있었고, 자신의 예술적인 삶에 대한 선견지명과 예술을 전략적으로 홍보하는 재주를 모두 갖고 있었다. 로어맨해튼 갤러리 외벽에 그리곤 했던 그라피티아트는 그 지역 예술계에서 빠르게 인정을 받았다. 하지만 바스키아는 곧 회화에 더 관심을 두었고 갤러리와 순수미술 공간에서 전시하는 미술로 생산적이고 호평받는 경력을 쌓아가기 위해서 그라피티를 외면했다.

바스키아의 거리미술은 그가 그림을 그렸던 건물에서 오래전에 지워

지긴 했지만, 이 동네에서 그의 존재감은 여전히 손에 잡힐 듯하다. 소호 거리를 지나가는 길에 나는 문틀에 풀칠해서 붙여둔 거리미술과 마주쳤다. 바스키아에게 경의를 표하는 내용이었다. 바스키아가 창조해낸 형식 안에서 자신의 목소리를 규정하려는 수많은 동시대 예술가들에게 그가 계속해서 영향을 끼치고 있는 것이다.

1982년 1월, 스물두 살 때 바스키아는 소호의 자갈 포장길에 위치한 7층짜리 건물인 크로스비가 101번지 로프트로 이사했다. 맨해튼으로 이사한 후 처음으로 갖는 자신만의 장기 거주용 집이었다. 로프트에서 보낸 이 시기는 그의 인생, 경력, 창작 경험의 과도기였다.

크로스비가로 이사한 무렵, 바스키아는 자신을 대리할 첫 미술품 중개인을 확보했다. 그는 바스키아를 도와 살 곳을 찾아주고 (흔치 않은 합의사항으로) 그림을 판매하면 임차료를 차감해주겠다고 제안했다.

아파트는 급조된 듯하면서도 동시에 화려한 느낌을 주었다. 처음 이사했을 때는 가구가 거의 없었지만 생활하고 그림 그릴 공간은 충분했다. 바스키아는 잠자는 공간과 나머지 공간 사이에 이불보를 걸어놓았고, 밤에 작업하고 아침에 잠들 수 있도록 창문에 검은색 종이를 발랐다. 나중에 한 친구가 건물 바깥쪽에 철제 덧문을 달아서 빛을 막아주었다.

하지만 부엌은 빛이 났다. 바스키아는 현대적인 업소용 스테인리스스틸 선반을 설치했다. 한 친구는 바스키아의 부엌을 그가 그곳으로 이사했을 때쯤 소호 모퉁이에 첫 매장을 열었던 딘앤델루카와 비교하기도 했다. 이 상점은 스타일이 멋진 고급 식료품 및 선물 가게였다. 친구들과 전 여자 친구들이 바스키아를 회상할 때면 그들의 추억에는 딘앤델루카 이야기가 가득했다. 바스키아가 그곳에서 식료품을 샀고 집을 꾸미는 데 미적인 영감을 얻기도 했다는 것이다.

바스키아의 집으로 가는 길에 내가 처음 들른 곳 중 하나가 딘앤델루카였다. 1980년대에 소호에서 유년기를 보냈던 나 또한 그곳을 그 시대의 고유한 어휘로서 기억한다. 그곳은 내가 기억하는 모습과 똑같았다. 식료품 가게라기보다는 멋진 부티크 같은 곳. 진열대와 반짝이는 선반에는 값비싼 잼, 올리브오일, 고급 파스타, 그리시니라고 하는 가느다란 이탈리아 브레드스틱, 정성 들여 만든 건과일과 건재료가 든 깨끗한 유리병이 깔끔하게 쌓여 있었다. 가장자리에 털을 덧댄 아름다운 코트와 전문가의 손길로 재단된 재킷을 입은 쇼핑객들의 옷차림을 구경하면서 몇 시간이라도 보낼 수 있을 것 같았다.

크로스비가에 있는 로프트로 이사했을 때는 가구나 집기라고 할 만한 것이 거의 없었지만, 그 집에서 머무는 동안 바스키아는 물질적인 것들과 새로운 관계를 탐색했다.

그는 정장, 스테레오 장비, 전자제품 등을 대량으로 사들였다. 식료품이나 살림살이를 한 무더기씩 사기도 했는데, 한 번에 최고급 보르도 와인을 1000달러어치씩 사들이거나, 하나에 40달러짜리 이탈리아산 천연

모 칫솔을 사고, 상하기 전에 다 먹지 못할 정도로 많은 양의 프랑스 페이스트리로 냉장고를 꽉 채우기도 했다. 바스키아는 부피와 크기에 매혹되었다. 사망했을 때쯤 바스키아는 비디오테이프 1000개 이상, 카세트테이프 수백 개, 미술책 컬렉션, 자전거 여러 대, 신서사이저 여섯 대, 아르마니와 꼼데가르송 정장으로 가득 찬 옷장을 갖고 있었다. 찰리 파커의 전기 『버드 라이브!』도 한 상자 있었다.

어떤 면에서 나는 바스키아가 오늘날 상업적으로 변한 소호의 모습을 꺼렸을 것 같지는 않다. 그는 자신을 둘러싼 도시의 문화적, 물질적 삶에 부단히 매혹되었고, 훌륭한 디자인의 표현적이고 과도한 능력 모두에 이끌렸다. 예술가로서 비평적, 재정적으로 성공했다고 깨닫고서 바스키아는 늘 규모와 과잉, 성공과 부와 취향의 물질적 지표들을 갖고 놀았다.

바스키아는 물질문화에 대한 이해와 수행성 비평 사이에서 균형을 유지했다. 종종 아르마니와 꼼데가르송 정장을 입고서 그림을 그렸고, 그러면 물감이 튀어 금세 더러워졌다. 언론 보도를 위해 전문가가 찍은 사진에서는 물감이 묻은 정장을 입고 맨발로 포즈를 취하곤 했다. 이는 자신의 작업에 대한 비평적이고 대중적인 논의에 스며들어 있던 인종차별주의 담론에 날카롭게 도전하고, 그 기반을 약화시키고, 그것을 조사하는 행위였다.

바스키아는 늘 사물이 가진 창조적 잠재력에 관심이 있었고, 10대 시절부터 거리에서 발견한 물건으로 아상블라주를 만들어왔다. 이런 관심은 바스키아가 점차 물건과 예술의 경계에서 유희하면서 탐구적으로, 또 비평적으로 날카롭게 지속되었다.

그가 얻은 물건은 고통의 근원이기도 했다. 크로스비가 로프트에서 한동안 함께 살았던 오래 사귄 여자 친구 수잔 말루크는 바스키아가 여러 대의 텔레비전 세트와 온갖 가정용품을 배달받고서 주저앉아 흐느꼈던 일을 기억한다. 예술가로서 순식간에 극적으로 성공하자 엄청나게 돈을 벌어들이고 대중에 노출된 삶에 적응하는 것이 무척이나 복잡한 양상을 띠었던 것이다.

바스키아의 명성이 빠르게 높아짐에 따라 크로스비가에서 창작 활동과 가정생활을 꾸려나가기가 불편해졌다. 미술품 수집가들, 미술계 팬들, 친구가 되고자 하는 사람들(이런 사람들의 연결망은 한층 넓어지기만 했다)이 온종일 연락도 없이 찾아오는 탓에 사생활과 방해받지 않는 창작 공간을 거의 가질 수 없었던 것이다. 지속적인 방해가 너무 심해지자 바스키아는 전화를 끊었다. 친구를 창가에 앉혀놓고 초대받지 않은 방문자들이 못 들어오게 했다. 그는 경계를 지키느라 분투했다.

바스키아는 1983년 8월에 그레이트존스가 57번지로 이사했고 남은 생을 그곳에서 살았다.

팝아트의 아이콘인 앤디 워홀이 그 건물의 소유주였고 바스키아에게 빌려주겠다고 제안했다. 두 사람은 친한 친구가 되어 때때로 협업도 했다. 워홀이 더 어린 예술가를 지원하고 싶어 했던 기간에는 가파르게 오른 건물 임대료를 요구하기도 했다. 한 달에 4000달러였는데 뉴욕 시세 치고도 비싼 편이었다. 둘의 우정은 굳건했지만, 두 사람 다 집주인과 세입자라는 새로 맺은 관계가 다소 불편했다. 워홀은 바스키아의 마약 복용을 걱정했고 그로 인해 우정을 위태롭게 할 재정적 부담이 생기지 않기를 바랐다. 바스키아 입장에서는 그때쯤 상당한 재정적 성공을 거두었음에도 4000달러라는 높은 집세가 꽤 걱정스러웠다.

그럼에도 불구하고 2층짜리 벽돌 건물은 바스키아에게 개인적으로 또 창작 면에서 많은 혜택을 가져다주었다. 사생활 공간에 더 명확한 경계를 그을 수 있었는데 위층에 둔 개인 침실에 방문자들의 접근을 제한할 수도 있었다.

바스키아는 아래층에서 그림을 그렸다. 종종 캔버스를 바닥에 깔아두고 그 위를 걸으며 직접 그림을 그리기도 했다. 그림을 그릴 때는 거의 언제나 텔레비전을 시끄럽게 틀어두거나 음악을 들었다. 레게나 푸에르토리코 살사도 들었지만 찰리 파커, 마일스 데이비스, 레스터 영 같은 음악가가 연주한 재즈 음악을 제일 많이 들었다.

가까이 있는 부엌에서는 손 크게 요리를 했다. 딘앤델루카에서 산 재료를 쌓아두곤 했는데, 때로는 필요한 재료의 몇 배나 되는 양을 사들였고 치킨고보 같은 그의 시그니처 메뉴를 즐겁게 요리했다. 양은 늘 어마어마했다.

크로스비가에 살 때 바스키아는 고급 디자인과 물량에 경도되었다. 집은 스티클리 가구로 채웠는데, 더 넓은 공간을 채우기에도 넘칠 만한 수량이었다. 그는 사명감을 품고 미술책으로 서가를 채웠고 손님 열 명이 앉을 수 있을 정도의 널찍한 식탁을 들였다. 벽에는 사랑하는 미술품을 걸었는데, 그중에는 워홀이 그려준 자신의 초상화도 있었고 윌리엄 버로스의 작품도 있었다.

바스키아는 앤티크 장난감도 수집했다. 특히 올드틴사가 제조한 것들이었다. 버디 L 레커차, 이렉터 세트, 주물로 제작한 강아지 모양 호두까기인형도 갖고 있었다. 바스키아는 계속해서 물건에 애정을 쏟았고 그것들을 놀이의 원천으로 보았다.

바스키아가 사망한 후 크리스티 경매회사에서 만든 그의 아파트 물품 목록은 157쪽에 달했다.

그레이트존스가에서 살던 몇 해 동안 바스키아는 마약을 점점 더 많이 복용했고, 건강과 예술 모두에 해를 입었다. 중독에 깊이 빠진 최악의 시기에는 아주 오랫동안 그림을 그리지 못했던 것이다.

1987년에 워홀이 세상을 떠나자 바스키아는 깊이 애도했다. 이 두 친구는 1년 반 전쯤에 사이가 틀어졌는데, 워홀의 사망으로 바스키아는 워홀재단이 그를 집에서 내쫓고 싶어 한다고 확신하게 되었다.

너무 짧았던 인생의 마지막 몇 달 동안, 바스키아는 광기에 사로잡혔
다가, 사색적인 슬픔에 빠졌다가, 기묘한 희망을 느끼는 국면을 주기적
으로 반복했다. 그는 생명의 유한함에 대해 걱정하면서도 이내 자신의
미래, 카타르시스의 가능성을 믿곤 했다. 바스키아는 음악과 글쓰기에
대한 애정을 탐색하면서 앞으로 나아가고자 했다. 다시 또다시, 그는 다
른 인생을 시작함으로써 다른 방식으로 나아갈 길을 모색했다.

기회는 오지 않았다. 1988년 8월 12일, 바스키아는 그레이트존스가
건물의 위층 침실에서 약물 과용으로 사망했다. 당시 스물일곱 살이었다.

바스키아가 죽고 나서 그의 집은 여러 번 다시 태어났다. 오랫동안 일본 식당에 식료품을 공급하는 업체가 생선과 고기를 보관하는 용도로 사용했고, 그다음에는 팝업 갤러리가 가게를 차렸으며, 지금 1층은 꽤 오랫동안 이탈리아 장인이 만든 고급 가정용품과 타일을 수입해 판매하는 선물 가게로 운영되고 있다.

바깥에서 보면, 바스키아의 집은 두번째 삶을 살고 있다. 그가 사망하고 몇 년 동안 예술가와 추종자들이 바스키아의 삶을 기리기 위해 그레이트존스가 57번지로 순례 여행을 왔다. 그의 집 외벽은 바스키아를 기리는 그라피티로 가득하다. 다양하면서 방향성이 서로 다른 거리미술로 뒤덮여 있고, 수년 동안 여러 예술가의 작업이 겹겹이 쌓였다. 그것은 진화하는 비공식 전시로, 바스키아의 집 외벽은 살아 있는 미술 현장으로 바뀌었다.

2016년에 그리니치빌리지 역사보존협회는 그의 집 외벽에 그려진 거리미술 한가운데에 바스키아를 위한 명판을 설치했다.

소호를 오랫동안 걸어 마침내 그레이트존스가에 다다르자 그의 집이 이런 예술, 헌정된 작품으로 뒤덮여 있는 모습이 보였다. 나는 거리 한복판에서 울음을 터뜨렸다.

이 책에 실린 일부 예술가들의 집은, 우리가 그 안으로 직접 발을 들여 생전 그대로 놓여 있는 접시와 화장실 용품 같은 것들을 보면서 창문으로 빛이 어떻게 투과되는지, 가구가 어떻게 배치되어 있는지, 벽에 미술 작품을 어떻게 걸어두었는지 혹은 빈 공간으로 남겨두었는지 두 눈으로 직접 보고 이해할 수 있다. 바스키아의 경우 남은 것은 건물 바깥쪽뿐이다. 키 큰 아치형 창문과 거리는 예전 그대로 남아 있다. 그리고 이것도 그대로다. 그의 집을 가로질러 끊임없이 흘러들어오는 예술.

때로 집들은 보존된다. 때로는 견뎌내기도 한다.

Henri Matisse
앙리 마티스

여러 해 동안 나는 콘 컬렉션을 소장한 볼티모어미술관과 가까운 거리에서 살았다. 20세기 미술 애호가 중에서도 에타 콘과 클라리벨 콘 자매가 수십 년에 걸쳐 모은 콘 컬렉션은 전설적이다. 자매는 당대의 모험적인 현대미술 수집가였고, 특히 앙리 마티스의 열렬한 후원자였다. 이제 두 사람의 컬렉션은 이들이 앙리 마티스 그림에 둘러싸여 나란히 살았던 시내 아파트에서 멀지 않은 볼티모어미술관에 전시되어 있다.

20대 초에 볼티모어로 이사했을 때, 나는 주말 오후 또는 시간이 빌 때마다 볼티모어미술관에 자주 들렀다. 하도 자주 가다보니 그림들이 미술관 벽에 배열된 모습마저 내가 아는 그 어떤 곳보다 친숙하게 느껴졌다. 콘 컬렉션 전시관은 나에게 두번째 집과 같은 곳이 되었다.

나는 어릴 적부터 마티스를 사랑했다. 스스로 판단해서 의식적으로 유대를 느낀 최초의 예술가였을지도 모른다. 그렇다 하더라도 마티스의 작품과 이렇게 가까이서 살게 된 것은 성인이 된 내게도 전환점이 되었다. 점점 더 깊은 친밀감을 느끼면서 작품과의 관계도 깊어졌다.

마티스의 그림을 볼 때마다 나는 그가 그린 공간의 순전한 물질적 풍성함에 재차 깜짝 놀라고 만다. 마티스는 정물화를 그리기 위해 자신의 방대한 텍스타일과 자기 컬렉션, 그 외 수공예품을 뒤져서 정물을 찾고 모델을 둘러싼 실내 장식품들을 배치했다. 현대에 이르러 미니멀리즘이 시작될 무렵, 마티스의 회화는 풍부함으로 가득 차 있었다. 그는 사물이 주는 촉각적이고 시각적인 기쁨을 사랑했다.

몇 년 전에 나는 마티스가 친구인 시인 루이 아라공에게 쓴 편지를 우연히 읽은 적이 있다. 골동품 상점에서 근래에 발견한 의자에 관해 묘사한 편지였다. 그는 이렇게 썼다. "마침내 평생 염원해온 물건을 발견했다네. 베네치아산 바로크시대 의자인데, 엷은 색조로 광택을 더한 은박으로 되어 있어서 꼭 에나멜 같아. …… 그걸 발견하고…… 깜짝 놀랐지 뭔가. 정말 근사해. 완전히 빠져들었다네." 나는 이 편지를 읽자마자 그에게 공감했다. 내 공책도 골동품 상점에서 발견한, 특히 화려한 핸드메이드 러그, 바구니, 빈티지 식탁보에 관한 설명으로 가득하기 때문이다. 한껏 열정에 북받친 그의 모습이 사랑스럽다. 의자와 그렇게 쉽사리 또 개방적으로 사랑에 빠지는 열의 때문에 그를 더욱 사랑하게 되었다.

마티스는 집과 작업실 실내를 자주 그렸기 때문에 그가 살았던 장소를 마치 내가 실제로 기억하는 듯 착각하게 된다. 마티스의 그림을 통해서 그곳들이 내 삶에도 흔적을 남긴 것이다. 몇 년 전에 나는 마티스가 집이라고 부른 장소들을 직접 보기 위해 니스로 여행을 떠났다. 예술가로 살아온 긴 삶에서 왕성하게 활동했던 마지막 몇십 년을 보낸 곳들이었다.

니스에서 지낸 처음 몇 년 동안, 마티스는 길게 자갈이 깔린 해변 경계를 따라 나 있는 보행 도로인 프롬나드데앙글레 길가 호텔에 방을 빌려 살았다. 1910년대 말과 1920년대 초 사이의 몇 년 동안, 초반에는 계절에 따라 정기적으로 이곳에 머물렀다. 보통 가을이면 코트다쥐르 지방으로 여행을 떠나 봄까지 머물다가 아내 아멜리, 자녀들과 함께 살던 파리 외곽 이시의 집으로 돌아갔다.

예술가로 사는 데 있어 마티스에게 가족은 늘 필수적인 부분이었다. 아멜리와 자녀들인 마르게리트, 장, 피에르는 이시에서 그린 그림에 자주 등장하는데, 아이들이 책을 읽고, 악기를 연습하고, 정원에 어머니와 앉아 있는 모습이 담겨 있다. 또한 마티스는 가족에게 그림에 대한 의견을 구하기도 했고 가족들의 날카로운 예술적 판단력을 신뢰했다. 가족 구성원 모두가 마티스의 예술 활동을 일상의 리듬 한가운데로 통합했다. 마티스는 집과 작업실을 거의 구별 짓지 않았다.

니스에서는 이 경계를 더욱 허물 수 있었다. 보리바주호텔과 메디트라네호텔의 방에서 마티스는 창작 활동에 완전히 몰입했고, 그 좁은 공간에서 살면서도 그림을 그렸다. 그는 다른 활동과 흥밋거리 대부분을 없애버렸고 예술에만 면밀히 집중하며 즐거워했다.

1910년대 말과 1920년대에 걸쳐, 니스는 마티스의 창작 활동에서 한층 중요한 역할을 하게 되었다. 새로운 성장 국면을 맞을 때가 되었을 때쯤, 니스에서 회화와 조각 활동에 치열하게 집중함으로써 마티스는 새로

운 예술 영역으로 자신을 밀어붙일 수 있었다. 그 과정에서 코트다쥐르의 환경과 풍경, 기후가 그의 회화작품에 생명력을 불어넣는 데 중심적인 역할을 했다. 마티스는 니스에서 아름다운 빛, 온기, 색채를 발견했고, 이는 남은 삶 동안 그의 작품 활동에서 연료가 되어주었다.

호텔에서 거주한 것이 새로운 차원의 예술적 몰입을 가능하게 했어도, 작업 공간의 미학적 측면에서는 유연성이 부족했던 것 또한 사실이었다. 그래서 호텔 방에서 몇 년을 지낸 후 마티스는 니스의 북적이는 역사적 중심지 한가운데 있는 샤를펠릭스광장 1번지에 아파트를 빌렸다. 현지 시장과 그 너머 지중해를 굽어볼 수 있는 곳이었다. 처음에는 방을 두 개만 빌렸다. 둘 다 집이자 작업실로 쓰면서 마티스는 직물과 장식품으로 가득 채운 큰 가방을 가져와 공간을 새롭게 변화시켰다. 작품에 영감을 주는 색채, 패턴, 질감으로 더욱 자유로이 실험하기 위해서였다.

니스는 마티스에게 곧 주요 거주지이자 작업실이 되었고, 이후 17년 동안 그는 거의 전적으로 샤를펠릭스광장 근처 아파트에서 살았다. 마티스의 니스 집에 관한 글을 읽으면 그가 실내 공간을 얼마나 기쁨이 가득한 공간으로 받아들였는지 알 수 있다. 북아프리카 여행에서 가져온 아치형 창문 망과 도어 커튼을 달았고, 문양이 많은 텍스타일로 겹겹이 장식했으며, 쉬지 않고 회화 평면을 재창조하면서 색채와 문양을 조합하고 또 재조합했다. 그리고 이런 정교한 배경 앞에 모델들을 세워 자세를 잡게 했다.

샤를펠릭스광장 아파트의 방 두 개는 곧 모두 작업실로 바뀌었고 마티스는 추가로 공간을 빌려야 했다. 1924년에 그는 작업실 바로 위층에 있는 4층 아파트를 빌렸다. 1927년에는 바로 옆 아파트까지 빌려서 원래 쓰던 3층 방 두 개에다가 4층 공간 전체를 쓰게 되었다.

니스에서 보냈던 몇 해 동안 왕성한 창작 활동이 입증되었지만, 한편으로 마티스는 아내와 자녀들과 함께 보냈던 일상적 친밀함을 그리워했다. 그는 물고기 두 마리와 '기카'라는 이름의 개를 입양해 친구로 삼았다. 아멜리에게 자주 편지를 썼고, 니스에 와서 자신과 함께 살자고 청했다. 하지만 몇 해에 걸쳐 주기적으로 니스를 방문해 지내는 동안 아멜리는 니스가 딱히 마음에 들지 않았다. 그곳에 있으면 에너지가 고갈되는 듯했고 기후 때문에 몸에 무리가 갔다. 결국 1920년대 중반에 아멜리는 남쪽으로 이사하는 데 동의했고, 부부는 이시의 집을 처분하고 샤를펠릭스광장 아파트 4층에 새로 확장한 곳으로 들어와 함께 자리잡았다. 이곳에는 기다란 발코니가 있어서 멀리 산과 도시, 지중해를 조망할 수 있었다.

마티스 부부는 늘 애정 많은 결혼생활을 즐겼고 마티스의 작업에 너나없이 헌신적이었지만, 남쪽에서 함께 단단히 기반을 잡고 사는 데는 어려움을 겪은 듯하다. 두 사람 사이의 미묘한 긴장이 복잡하게 얽힌 나머지 1939년에 부부는 이혼했다. 두 사람 모두에게 파국이었고, 마티스의 예술 세계를 오래 지탱해주었던 가족의 조화도 끝이 났다.

이후 몇 년 동안, 마티스는 그 어느 때보다 더 작업에 집중했다.

이혼하기 겨우 몇 달 전에, 마티스 부부는 레지나에 있는 아파트 두 채를 구입했다. 니스 시미에 지구 언덕배기에 있는 화려하게 장식된 호텔 건물이었다. 이제 마티스는 새집과 작업실에 혼자 입주했고, 상당수의 예술작품은 법적 이혼 절차가 늘어지는 동안 임시 창고로 옮겨 보관해놓았다.

그럼에도 이 몇 해 동안 내내 마티스는 집의 다감각적 경험을 계속해서 확장해갔다. 레지나 아파트의 방들은 거대한 필로덴드론과 다른 수많은 식물로 가득해 마치 온실처럼 느껴질 정도였다. 1936년에 마티스는 파리 센강 부둣가를 따라 좌판을 벌인 조류 판매업자에게서 이국적인 새들을 사들이기 시작했고, 레지나에 정착했을 무렵에는 기르는 새가 300마리에 달했다. 그는 새들을 위해 타일을 깐 새장을 지어주었고, 대리석 바닥이 깔린 식사 공간에서 반대편 널찍한 작업실로 이어진 길 사이에 새장을 두고서 매일 지나다니며 살펴보았다. 그는 자연 세계가 자신을 빽빽하게 둘러싼 환경을 좋아했다. 새들의 노랫소리가 울려퍼지는 집은 타이티에서 보낸 시절과 어린 시절 북부 프랑스에서 보았던 새장을 떠올리게 했다. 아멜리와의 결별 이후 마티스는 새들에게서 위안을 찾았고, 새들의 깃털 색과 다양한 형태는 그에게 커다란 기쁨을 주었다.

레지나에서 보낸 몇 년 동안 마티스의 건강이 나빠지기 시작했지만, 그는 계속해서 스스로를 다그쳐 창작 활동에 매진했다. 수년 동안의 작업으로 무르익고 있던 예술적 돌파구를 깨치려고 시도하면서 까다로운 작업 일정과 기준을 유지하려고 했다.

하지만 1940년대 초에 전쟁이 그의 인생에 끼어들었다. 독일과 이탈리아의 공격으로 니스가 위태롭고 취약해졌고, 군사적 위협 때문에 마티스는 여러 번 집에서 도망쳐야 했다. 그는 안전을 위해 작품과 집기를 창고로 보내기 시작했다. 또한 그에게는 큰 충격이었지만 전시 상황이라 물자가 부족해 소중한 새들도 팔아야 했다. 1943년, 니스에 머무는 것이 너무 위험해지자 그는 산맥 가까이에 있는 내륙 도시 방스로 이사했다. 그곳에서는 빌라르레브의 아파트 1층에 정착했다. 이때쯤 그동안의 혹사로 인해 마티스의 시력이 약해졌고, 작업을 계속하려면 밝은 빛을 피하는 것이 최선임을 알게 되었다. 방스의 집에서 그는 덧문을 닫고 햇빛이 타이티산 텍스타일과 북아프리카산 창문 망을 투과하도록 해 실내를 어둑하게 유지했다. 전과 마찬가지로 집은 호화로운 물건, 식물, 장식품으로 채웠고, 방 하나에는 새들을 풀어놓아 자유롭게 날아다니도록 했다.

나는 빌라르레브의 공기가 보드랍고 달래주는 듯했을 거라고 상상한다. 다양한 질감이 넘치고 빛은 반투명하게 비쳤을 것이다. 어둑한 방에서 마티스의 그림들은 내면의 빛을 발산했고, 근처에 둔 물건만큼이나 그것을 묘사한 정물화는 생생했다. 방문객들은 그의 집에 들어가면 종종 다른 세계로 발을 딛는 것 같은 느낌이 든다고 묘사했다.

이 기간에, 마티스는 종이를 오려 만드는 작업 방식을 채택했다. 새로워진 예술적 비전을 깨닫게 해준 새 형식이었다. 종이 오리기는 오랜 세월 니스에서 쌓아올린 예술적 각성이 구현된 것이었다. 마티스의 작업을 재정의하고 그의 유산을 변화시킬 돌파구였던 것이다. 만성적인 육체적

질병 때문에 마티스는 철제 프레임 침대에 누워 작업했다. 색칠한 종이를 곧장 잘라서 만든 순수한 색면 형태를 벽에 붙여서 또렷하면서도 서정적인 작품을 만들었다.

그는 이 새로운 형식을 기념비적인 규모로 옮기고 싶었는데, 1940년대 말에 방스의 예배당 디자인을 맡으면서 그 기회를 잡았다. 또다시 마티스는 침대에서 작업하며 자기 집 벽에다가 예배당 창문을 디자인했다.

결국 예배당 작업을 위해 마티스는 인생에서 마지막으로 중요한 이사를 하게 되었다. 레지나에 있는 시미에 아파트로 돌아간 것이다. 그는 그곳의 실내 공간을 전면 개조했다. 한때 그의 집과 작업실 하면 떠올랐던 필로덴드론과 여타 식물들, 새들을 전부 없애고, 커다란 기쁨과 예술적 영향의 원천이 되어주었던 여러 겹의 텍스타일과 화려한 가구, 장식품들도 모두 제거했다. 마티스는 집이 텅 비도록 쓸어버리고, 눈부신 흰색으로 칠한 실내 공간은 비계와 장비로 채웠다. 조수들의 도움을 받아 그는 기념비적인 예배당 작업을 그곳에 실현했다. 예전에는 집과 작업실을 거의 구분하지 않았다면, 이번에 시미에에서 보낸 생애 마지막 몇 년 동안에는 장벽을 완전히 없애버렸다. 아파트 전체가 작업실이 되었고, 마티스는 조수들이 밀어주는 바퀴 달린 침대에서 일하며 작업실로 사용하던 방 세 개를 종횡무진했다. 이 시기에 공간은 혼성적인 성격을 띠었다. 작업실이자 제작소, 굴러다니는 침실이었다.

예배당이 완성되자, 마티스는 시미에에 머물며 종이를 오려 직접 벽에

붙이는 작업을 했다. 덕분에 집 안 전체가 그의 작품 속으로 빠져들었다. 마티스가 말년에 제작한 기념비적인 종이 오리기 작품들을 보면서 안락한 느낌을 준다고 묘사하기는 힘들다. 내 어머니는 뉴욕 현대미술관에서 마티스의 「수영장」을 직접 보았을 때 마치 춤추는 듯한 느낌이 들었다고 말씀하셨다. 몇 년 후 마티스의 예전 니스 집 건너편에 있는 마티스미술관에서 벽 전체를 차지하는 거대한 작품 「꽃과 과일」 앞에 섰을 때, 나도 똑같은 느낌이 들었다. 마티스 말년의 역작은 이렇게나 열정으로 가득하고, 이렇게나 기쁨으로 충만하다.

Bringing it Home
집으로

이 책에서 예술가들의 집에 관해 읽다보면(혹은 우리의 경우, 글을 쓰고 그림을 그리다보면) 저절로 우리가 집과 맺고 있는 관계에 관해 생각해보게 됩니다. 버네사 벨과 덩컨 그랜트에 관한 글을 반쯤 썼을 때, 저는 우리 집 창턱에 무늬를 그려넣으면 어떨지 몽상해보기 시작했습니다. 도널드 저드의 부엌을 보면서는 제 은식기를 깔끔한 개방형 선반에 보관하고 싶어졌고요. 프리다 칼로와 앙리 마티스는 제가 직접 모은 도자기 대접과 텍스타일을 즐겨 사용하도록 영감을 불어넣었습니다.

이 책에 실린 예술가 열일곱 명이 충분히 드러내주는 것처럼, 집과 관계를 맺고 집 안에서 창조성을 표현하는 데에는 단 하나의 올바른 방법 같은 것은 없습니다.

이 예술가들의 집에 관해 읽고서 독자 여러분도 자신의 집을 생각하는 데 제약 없이 자유롭게 영감을 얻기를 바랍니다. 그 여정에서 도움이 되고 자극을 줄 만한 몇 가지 아이디어를 소개해드립니다.

우리가 사는 집은 3차원 공간이니, 우리가 미적인 관심사와 어휘로 유희하면 그 결과물이 우리를 온통 둘러싸게 됩니다. 마치 창의력을 발휘한 집 안의 설치작품 같은 거죠!

그러면 우리가 창작한 결과물 속에서 살아가게 됩니다. 이는 우리 관심사와 목소리가 일상의 작은 순간들 속에서 천천히 발전해가는 것을 볼 수 있도록, 창의적인 삶을 가족과 그 외 일상의 리듬 속으로 통합시키도록 도와줍니다. 창조성을 삶의 유기적인 일부로서 경험하는 거예요.

우리의 집은 다감각적입니다! 집의 아름다움으로 유희하면서, 우리는 후각, 촉각, 청각, 시각, 또 미각을 탐색하게 됩니다. 번쩍거리는 패션 잡지나 SNS에서 보는 집 사진들은 모두 우리를 지나치게 시각에 묶어두려는 경향이 있습니다. 하지만 물론, 여러분의 집에는 모든 감각이 개입해 있죠. 이는 예술가라는 직업을 갖고 싶은 사람이나 예술가의 소명의식을 가진 이들에게 특히 유용합니다. 우리는 자신이 속한 예술 분야 고유의 매체에만 스스로를 가두기 쉽습니다. 하지만 집의 창조적 수용력은 넉넉합니다. 자신의 분야를 넘어선 감각적 표현으로 유희해보라고 우리를 초대하지요.

집에서 하는 미적인 놀이는 규모가 다양합니다. 집은 크고 친밀합니다. 집의 공간은 우리가 살아가는 캔버스라는 다양한 윤곽과 범위를 제공합니다. 건축적인 규모에서, 혹은 식탁 위의 정물이나 화장대 서랍 속 작은 물건들이 만들어내는 세계에서도 창의적인 목소리가 펼쳐지는 방식을 볼 수 있지요. 조그마한 스케치북 또는 벽화, 하이쿠 또는 소설, 3분짜리 대중가요 또는 교향곡, 코미디 촌극 또는 대서사시 오페라 등, 예술가들은 늘 규모의 범위를 찾습니다. 그 규모의 범위 덕분에 우리는 기념비적인 것과 세세하고 중첩되고 간결한 붓질의 미묘함을 모두 탐색할 수 있지요. 집은 이런 표현의 범위들을 독특하게 비춥니다.

대부분의 예술 형식과 마찬가지로, 집은 공적이면서 사적이고, 개인적인 동시에 주기적으로 공유됩니다. 함께 사는 식구든 때때로 찾아오는 저녁식사 손님이나 주말 방문객이든 간에요. 집은 우리 안에 살아 있고 또 바깥에 존재하는 아이디어와 시각을 표현할 수 있게 해줍니다.

집은 거주자의 고유한 관심사와 경험을 담고, 시간을 따라 진화하며, 거주자가 택한 천차만별의 삶에 불을 지피는 공간입니다. 독자 여러분도 이런 역동적인 창작 놀이의 장으로서 집을 경험하시길 바랍니다.

감사를 전하며, 여러분의 집과 인생에 좋은 일이 가득하기를 빕니다.

Kate & Melissa
케이트와 멀리사

멀리사의 이야기

케이트와 제가 이 책을 쓰는 동안, 저는 남편과 함께 뉴잉글랜드의 침실 두 개짜리 시골집에서 뉴욕 브루클린의 조그마한 아파트로 이사했습니다. 정말 커다란 변화였죠! 그래서 전 예술가들의 집에 관해 쓰면서 동시에 제가 살 새집도 꾸리고 있었습니다. 공간은 더 작아졌지만 건축은 훨씬 현대적입니다. 실내 공간이 뭔가 다른 것을 요구하고, 이 새로운 공간에서는 우리가 수년 동안 사랑했던 물건들조차 다른 색조를 띱니다. 작업실에서 10년 넘게 봉사해온 제 가죽 의자는 원래는 난롯가 옆 공간에 박혀 있었습니다. 이제는 바닥까지 닿는 긴 창문 옆에서, 얼마 전 제가 발견한 파란색과 흰색으로 된 정원용 스툴과 나란히 놓여 햇빛을 한껏 받고 있지요. 우리는 좁은 입구에 바르기 좋은 무늬 있는 벽지를 발견했는데, 덕분에 우리 아파트의 좁다란 통로에 형태가 잡혔습니다.

이 책이 완성되어감에 따라, 저는 창조적으로 완전히 연결되어 있는 자신을 발견했습니다. 이 예술가들에 관해 쓰는 것, 그리고 제가 살 집에서 창의적 표현을 탐색하는 것 둘 다와 말이죠. 언젠가 온종일 글을 쓰고 회의를 하고 나서 저는 침실 가구를 다시 배열했고 새로운 모퉁이를 발견했습니다. 그 자리에 안락하고 푹신한 스툴을 두었는데, 그 옆에는 식물과 귀걸이를 담은 그릇이 층층이 쌓인 기다란 장식장이 남편과 제가 몇 년 전 모로코에서 사온 러그 위에 놓여 있죠. 이 책을 쓰는 것과 우리 집의 아름다움을 탐색하는 것은 완벽하게 연결되어 있었습니다. 양방향에서 한쪽이 다른 한쪽의 동력이 되어주었어요. 집중적이고 때로는 내면적인 창의적 글쓰기 작업이 물리적 공간에서 필연적 귀결로 나타난 것이 우리 집이었습니다.

우리의 이행은 우리가 사는 모든 집이 창의적인 목소리와 연결될 기회를 제공하고 새로운 표현의 길을 발견하게 해준다는 것을 상기시켰습니다. 우리 집들은 바로 여기, 우리를 둘러싼 공간에서 우리의 창의력이 생명을 얻는 것을 보여줍니다.

케이트의 이야기

이 책을 위해 그림을 그리면서, 우리 집 실내 모습의 한계를 밀어붙이고자 하는, 예전부터 품고 있던 제 욕망에 불이 붙었습니다. 우리가 이 시카고 집에 산 지 10년이 되었고, 그동안에 100년이 넘은 이 오래된 건축물의 구석구석을 거의 빠짐없이 개조했습니다. 처음 8년 동안에는 아이들의 놀이방이 꼭대기 층을 절반 넘게 차지하고 있었고, 제 작업실(중간 크기 탁자와 이젤)은 구석에 처박혀 있었죠. 3년 전에 우리는 지하실을 아이들의 놀이 공간으로 개조했습니다. 덕분에 저는 꼭대기 층을 전부 차지할 수 있었지요. 저는 공간을 최대한 활용해서 바퀴 달린 커다란 탁자 두 개를 추가했고, 여기서 대부분의 그림 작업을 합니다. 아이들은 방과 후나 주말에 이곳에서 주기적으로 저와 함께하죠.

하지만 우리 책에 등장한 수많은 예술가가 집 공간 전체를 창작에 활용한 것을 보고 나서, 저 또한 집 전부를 즉흥적인 창작 공간으로 쓰면 어떨까 하고 생각해보게 되었습니다. 저는 종종 스스로에게 질문을 던지곤 합니다. 우리 집 디자인을 어떻게 관리하면 가리개 뒤로 도피하고 싶은 유혹에 이끌리는 대신 이 벽들 안에서 우리 자신을 발견하고 표현하도록 유도할 수 있을까 하고요. 누군가가 발견하고 만들어낸 물건들을 가족들이 배치할 수 있도록 집 안 곳곳에 탁자를 놓을까? 작업실 바깥에 작품을 만들 만한 벽 공간을 만들까? 집 전체를 창조적 표현으로 채우고자 하는 내 욕망은 아름답게 디자인된 거주 공간을 바라는 내 깊숙한 욕망과 어떻게 조화를 이룰 수 있을까? 이 책을 완성해가면서, 저는 이런 질문들을 가족과 함께 탐색해보고 가족에게 우리 집을 함께 창조해나갈 수 있는 권한을 줘야겠다는 영감을 얻었습니다. 우리 집은 진화하고 있고, 우리 삶의 살아 있는 일부입니다. 이 집이 제 가족과 함께 성장해가는 모습을 발견하기를, 저는 기대합니다.

Acknowledgments

감사의 말

우리 가족들과 친구들은 각자에게 서로 기쁨과 힘의 원천이 되어주었습니다. 그들의 변함없는 따스함과 훌륭한 유머 감각, 우리가 이 책을 쓰고 그리는 동안 전해준 모든 지지에 감사를 표하고 싶습니다.

우리의 부모님인 짐 이월과 도나 이월, 패멀라 팩스턴 그리고 제임스 와이즈는 예술가로서 우리에게 최초의 집을 주었고 평생 우리를 믿고 격려해주었습니다.

지금, 우리는 각자 멋진 가족들과 함께 우리 집을 만들어가면서 커다란 기쁨을 누리고 있습니다. 케이트의 남편 에드 루이스와 아이들인 세이디, 일라이, 녹스, 쿠퍼 루이스, 그리고 멀리사의 남편인 팀 펙에게 고마움을 전합니다. 이들은 이 책을 만드는 과정 동안, 그리고 그 이전과 이후의 시간 동안 풍족하고 무한한 지지를 보내주었습니다. 이들의 전혀 사소하지 않은 사랑에 우리는 깊이 감사하고 있습니다.

우리 책이 크로니클출판사에서 집을 찾게 되어 무척 기쁩니다. 편집자인 미라벨 콘과 크로니클출판사의 훌륭한 편집부에 큰 감사를 전합니다. 이들은 시작 단계부터 이 책에 양분을 제공해주고 지지를 보내주었으며 자상한 보살핌과 관심으로 이 책이 세상에 나오도록 이끌어주었습니다. 우리는 이 훌륭한 공동체의 일원이 된 것을 무척 고맙게 여깁니다.

우리 둘은 수년 전에 래그데일재단에서 처음 만났습니다. 어느 여름날 각자 상주 예술가로 그곳에 갔죠. 창작에 몰두할 수 있는 이런 기회는 그야말로 값어치를 따질 수 없는 것입니다. 지속해서 예술가들을 지원해준 래그데일재단에 감사를 표합니다. 또 그곳에서 발견한 기막히게 멋진 공동체에도 감사 인사를 전합니다.

그리고 무엇보다도, 이 책에 나오는 과거와 현재의 예술가 열일곱 명에게 감사합니다. 이들의 집은 예술을 만든다는 전체론적인 경험에 대한 통찰을 주었습니다.

이 책을 위해 조사 작업을 하면서 다양한 출처의 정보에서 도움을 받았습니다. 그중에는 인터뷰와 전기, 사진, 다큐멘터리 영화 등이 있습니다. 이어지는 페이지에 핵심적인 자료 일부를 목록으로 정리했습니다.

특히 우리에게 (멀리 떨어져서, 또 직접) 그토록 상냥하게 집을 공개해주고 이 책을 위해 자신들의 삶을 공유해준 예술가 하산 하자즈와 자리아 포먼에게 특별한 감사를 전하고 싶습니다.

이 책에 등장한 예술가의 집 중에서 몇몇은 보존되었거나 복원되었고, 일부는 대중에 공개되어 있습니다. 그런 보존과 복원은 결코 사소하지 않은 위업이며, 우리는 이런 과제를 헌신과 사랑, 관심으로 떠맡아준 재단들에 감사하고 싶습니다. 그중에는 버네사 벨과 덩컨 그랜트의 집을 보존하는 찰스턴트러스트, 루이즈 부르주아의 집과 유산을 보존하는 이스턴재단, 멜로즈대농장에 있는 클레멘타인 헌터의 집을 보존하는 나키토시역사보존협회, 뉴욕과 마파에 있는 도널드 저드의 집을 보존하는 저드재단, 지베르니 집을 보존하는 클로드모네재단, 카사아술을 보존하는 프리다칼로미술관, 보르프스베데에 있는 오토 모더존과 파울라 모더존베커의 집을 보존하는 모더존하우스미술관, 애비큐에 있는 집을 보존하는 조지아오키프미술관, 스프링스의 집을 보존하는 폴록-크래스너 주택과 연구센터 그리고 스토니브룩재단, 산앙헬의 집을 보존하는 디에고 리베라와 프리다 칼로 연구미술관, 생레미 정신병원에 있는 반 고흐의 방을 보존하는 생폴드모솔이 있습니다.

각 기관의 도슨트와 직원 여러분께도 감사합니다. 멜로즈대농장의 나키토시역사보존협회, 저드재단, 조지아오키프미술관, 폴록-크래스너 주택과 연구센터 그리고 스토니브룩재단은 전문 지식을 나누어주고 많은 질문에 답해주었습니다. 조사에 도움이 되는 자료를 안내해준 이스턴재단, 학자의 전문 지식과 클레멘타인 헌터에 대한 개인적인 기억을 나누는 관대함을 보여주신 톰 화이트헤드에게도 특별한 감사를 전합니다. 이 책의 마지막 단계에서 조사에 뛰어들어 우리를 지원해준 에린 리드에게도 감사를 표합니다.

작가이자 예술가로서, 우리는 이 프로젝트의 창조적 협력 과정에서 크나큰 기쁨을 발견했습니다. 우리는 대화를 통해 이 예술가들의 집을 훨씬 더 깊이 탐색할 수 있었고 다면적인 렌즈를 통해 예술가들과 공명하며 그들을 이해할 수 있었습니다. 이 협력관계가 오가면서 느낀 즐거움이 우리에게 얼마나 큰 선물이었는지 모릅니다!

마지막으로, 독자 여러분, 예술과 집과 창조성에 관심을 가져주셔서 감사합니다. 우리 책을 선택해주셔서 정말 고맙습니다. 여러분 모두 자신의 여정에서 크나큰 기쁨을 느끼시길 바랍니다!

옮긴이의 글

작품을 직접 보는 것에 덧붙여 더욱 풍부하게 예술을 경험할 수 있는 방법 중에 하나가 예술가들이 살았던 집을 찾아가보는 것일 테다. 예술가들이 살았던 집은 때로는 작품이 태어난 공간 그 자체이거나 그들의 삶, 그들의 창작 경험과 접속할 수 있는 공간이기 때문이다. 이 책에는 저마다 취향과 조건이 다르며 살던(사는) 시대와 장소도 가지각색인 예술가 열일곱 명의 집이 소개돼 있다.

보통 예술가의 '집'을 소개한다고 하면 사진이 포함되는 것을 당연하게 여길 것이다. 하지만 이 책의 지은이들은 처음부터 사진을 배제하기로 마음먹었다. 그야말로 사진이 넘쳐나는 세상에서, 사진으로 보는 이미지는 무심히 지나치기도 너무 쉽다. 찍는 과정이나 찍힌 사진을 보는 경험이나, 모든 것이 너무 순식간이다. 하지만 이 책의 삽화를 맡은 케이트의 그림을 통한다면 그녀가 붓으로 이 공간들의 흔적을 더듬어갔을 때처럼 예술가들의 집에서 조금 더 찬찬히 머무를 수 있는 듯하다. 사진이 아닌 그림으로 예술가들의 집을 보는 또하나의 장점은 이제는 존재하지 않는 공간 속으로도 들어가볼 수 있다는 것이다. 특히 클레멘타인 헌터의 오두막이나 파울라 모더존베커의 파리 집이나 장미셸 바스키아의 뉴욕 아파트처럼, 이제는 가볼 수 없거나 원래의 모습과 크게 달라진 장소를 소개할 때는 이 책의 구성이 특히 빛을 발한다. 흐릿한 옛 사진이나 현재의 허술한 모습에 실망하지 않고 글을 읽고 그림을 보면서 오히려 선명하게 공간을 그려볼 수 있으니까.

많은 사람이 그렇겠지만 마지막으로 비행기를 타본 지 2년이 훌쩍 넘었다. 집콕 생활이 이어지면서 집이라는 공간이 그 어느 때보다 중요하게 느껴지는 기간이었다. 동시에 먼 곳으로 떠나고 싶은 열망도 마음속 깊숙이에서 꺼지지 않고 작은 불꽃으로 타고 있다. 그런 시기에 이 책을 옮기게 되어 특별히 뜻깊었다. 방구석에 앉아 여러 예술가의 집으로 여행을 떠날 수 있었던 것과 동시에 내가 머물고 있는 집이라는 공간과 나의 관계에 대해 생각해볼 기회를 주었기 때문이다.

책에 소개된 예술가들의 집 중에서 실제로 본 곳이 하나도 없었던 것이 못내 아쉬웠다. 하지만 다시 예전처럼 여행이 가능한 세상을 꿈꾸면서 이 책에 소개된 집 중 방문이 가능한 곳을 하나씩 직접 찾아가보는 상상을 하는 것도 그 나름대로 즐거웠다. 마음속 1순위를 꼽아보면서 말이다. 여유가 좀 생기면 짧디짧은 가을이 가기 전에 가까운 곳에 있는 예술가들의 집에 찾아가볼까 하는 마음도 생긴다. 케이트와 멀리사가 글과 그림으로 안내하는 예술가들의 집을 머릿속으로 거닐면서, 또 가까운 미래에는 두 발로 거닐어보면서 독자 여러분도 즐겁게 여행하실 수 있으면 좋겠다.

2021년 12월
손희경

Selected Sources Consulted

선별한 참고 자료

이 책의 글과 그림을 위해 참조한 수많은 자료 중에서, 우리 조사에 특별히 중요한 도움을 주었던 자료들을 다음과 같이 알려드립니다.

참고문헌

Art Trip: Marfa. The Art Assignment. Produced by PBS Digital Studio, 2017.

Barbezat, Suzanne. *Frida Kahlo at Home.* London: Frances Lincoln, 2016.

Basquiat: Rage to Riches. Directed by David Shulman, BBC Studios, 2017.

Charleston: The Bloomsbury Home of Art and Ideas. Charleston Trust. http://www.charleston.org.uk/. Accessed February 2019.

Corn, Wanda M. *Georgia O'Keeffe: Living Modern.* Brooklyn Museum in Association with DelMonico Books, New York: Prestel, 2017.

Darrieussecq, Marie. *Being Here Is Everything: The Life of Paula Modersohn-Becker.* Los Angeles: Semiotext(e), 2017.

Dehn, Georgia. "Rainer Judd Interview: A Childhood Frozen in Time." *Telegraph,* June 14, 2013. Web. Accessed February 2019.

The Easton Foundation. The Easton Foundation. http://www.theeastonfoundation.org/. Accessed August 2018, December 2018, and February 2019.

Forman, Zaria. Personal Interview. March 3, 2019.

Frida Kahlo: Appearances Can Be Deceiving. February 8-May 12, 2019, Brooklyn Museum, New York.

Gardner, Paul. "The Houses That Louise Built." *House and Garden,* October 1992, 154-185.

Georgia O'Keeffe: Living Modern. March 3-July 23, 2017, Brooklyn Museum, New York.

Hajjaj, Hassan. Personal Interview. January 15, 2019.

Hancock, Nuala. *Charleston and Monk's House: The Intimate House Museums of Virginia Woolf and Vanessa Bell.* Edinburgh: Edinburgh University Press, 2012.

Hoban, Phoebe. *Basquiat: A Quick Killing in Art.* New York: Open Road Integrated Media, 1998.

Jean-Michel Basquiat: The Radiant Child. Directed by Tamra Davis, Arthouse Films, 2010.

Judd, Donald. "101 Spring Street." *Places Journal*, May 2011. (Originally written in 1989; reprinted in *Places Journal* with permission from the Judd Foundation). Accessed February 2019.

Judd Foundation. Judd Foundation. http://juddfoundation.org/. Accessed February 2019.

Judd Foundation. "The Navajo Room." *Instagram*, November 7, 2016.

Keith, Kelsey. "Rainer and Flavin Judd." *Curbed*, March 1, 2016. Web. Accessed February 2019.

King, Ross. *Mad Enchantment: Claude Monet and the Painting of the Water Lilies.* New York: Bloomsbury, 2016.

Levin, Gail. *Lee Krasner: A Biography.* New York: William Morrow, 2011.

Lubow, Arthur. "A Look Inside the Louise Bourgeois House, Just How She Left It." *New York Times,* January 20, 2016: AR20. Web. Accessed Aug. 2018.

Modersohn-Becker, Paula. *The Letters and Journals of Paula Modersohn-Becker.*

Translated by J. Diane Radycki. Lanham, MD: Scarecrow Press, 1980.

Pickvance, Ronald. *Van Gogh in Arles.* Metropolitan Museum of Art, 1984.

Pickvance, Ronald. *Van Gogh in Saint-Remy and Auvers.* Metropolitan Museum of Art, 1986.

Shriver, Art, and Tom Whitehead. *Clementine Hunter: Her Life and Art.* Baton Rouge: Louisiana State University Press, 2012.

Spurling, Hilary. *Matisse the Master: A Life of Henri Matisse: The Conquest of Color 1909–1954.* New York: Alfred A. Knopf, 2005.

Vincent van Gogh's Life and Work. Van Gogh Museum. http://www.vangoghmuseum. nl/en/vincent-van-gogh-life-and-work. Accessed November 2018 and February 2019.

Whitehead, Tom. Personal interview. February 11, 2019.

사진

Hélène Adant (*Matisse in the Studio: The Studio as Theater,* 2017);

Mauricio Alejo (Judd Foundation Archives); Nicholas Calcott (*Telegraph,* 2014);

Walter Carone, Clifford Coffin, Dmitri Kessel, and Ullmann (Getty Images);

Henri Cartier-Bresson (*ARTnews,* 2017); Difalcone (Foundation Claude Monet);

Brian W. Ferry (*The Blue Hour,* 2015); Hassan Hajjaj (photos courtesy of the artist);

Francois Halard (Francoishalard.com); Jean-Francois Jaussaud (*Hyperallergic,*

2015); Belén Imaz (*Architectural Digest,* 2015); Herb Lotz (*Architectural Digest,*

2017); Alen MacWeeney (*Charleston: A Bloomsbury House and Garden* by Quentin Bell and Virginia Nicholson, 1997); Museo Estudio Diego Rivera y Frida Kahlo;

Michel Sima (*The Culturium,* 2017); Grace Towner (*Oh Goodness Grace*); Joshua White (Judd Foundation Archives); Tom Whitehead (*Shreveport Times,* 2018).

영화

Art Trip: Marfa, The Art Assignment (PBS Digital Studio, 2017);
Hello from Abiquiú, New Mexico (Georgia O'Keeffe Museum); *Louise Bourgeois:*
The Spider, the Mistress, and the Tangerine by Marion Cajori and Amei Wallach,
2008. Videos by Diane Drubay-Buzzeum (Foundation Claude Monet).

책

The Blue House: The World of Frida Kahlo, edited by Erika
Billeter, 1993; *Frida Kahlo at Home* by Suzanne Barbezat, Archivo Diego Rivera y
Frida Kahlo, Banco de Mexico, Fiduciario en el Fideicomiso relativo a los Museos
Diego Rivera y Frida Kahlo, 2016.

우리의 창작 여정에서 우리를 옹호하고 희망을 준 가족들에게

에드, 세이디, 일라이, 녹스, 쿠퍼

짐과 도나

팀, 패멀라, 제임스

예술가가 사는 집

지베르니부터 카사아술까지
17인의 예술가와 그들이 사는 공간

1판 1쇄	2021년 12월 8일
1판 2쇄	2022년 10월 31일

지은이	멜리사 와이즈(글)·케이트 루이스(그림)
옮긴이	손희경
펴낸이	정민영
책임편집	임윤정 신귀영
디자인	김마리
마케팅	정민호 이숙재 김도윤 한민아 정진아 이민경 정유선 김수인
제작처	영신사

펴낸곳	(주)아트북스
출판등록	2001년 5월 18일 제406-2003-057호
주소	10881 경기도 파주시 회동길 210
대표전화	031-955-8888
문의전화	031-955-7977(편집부) 031-955-2696(마케팅)
팩스	031-955-8855
전자우편	artbooks21@naver.com
트위터	@artbooks21
인스타그램	@artbooks.pub

ISBN 978-89-6196-400-5 03840